文春文庫

秋山久蔵御用控

埋《うず》み火《び》

藤井邦夫

目次

「秋山久蔵御用控」江戸略地図

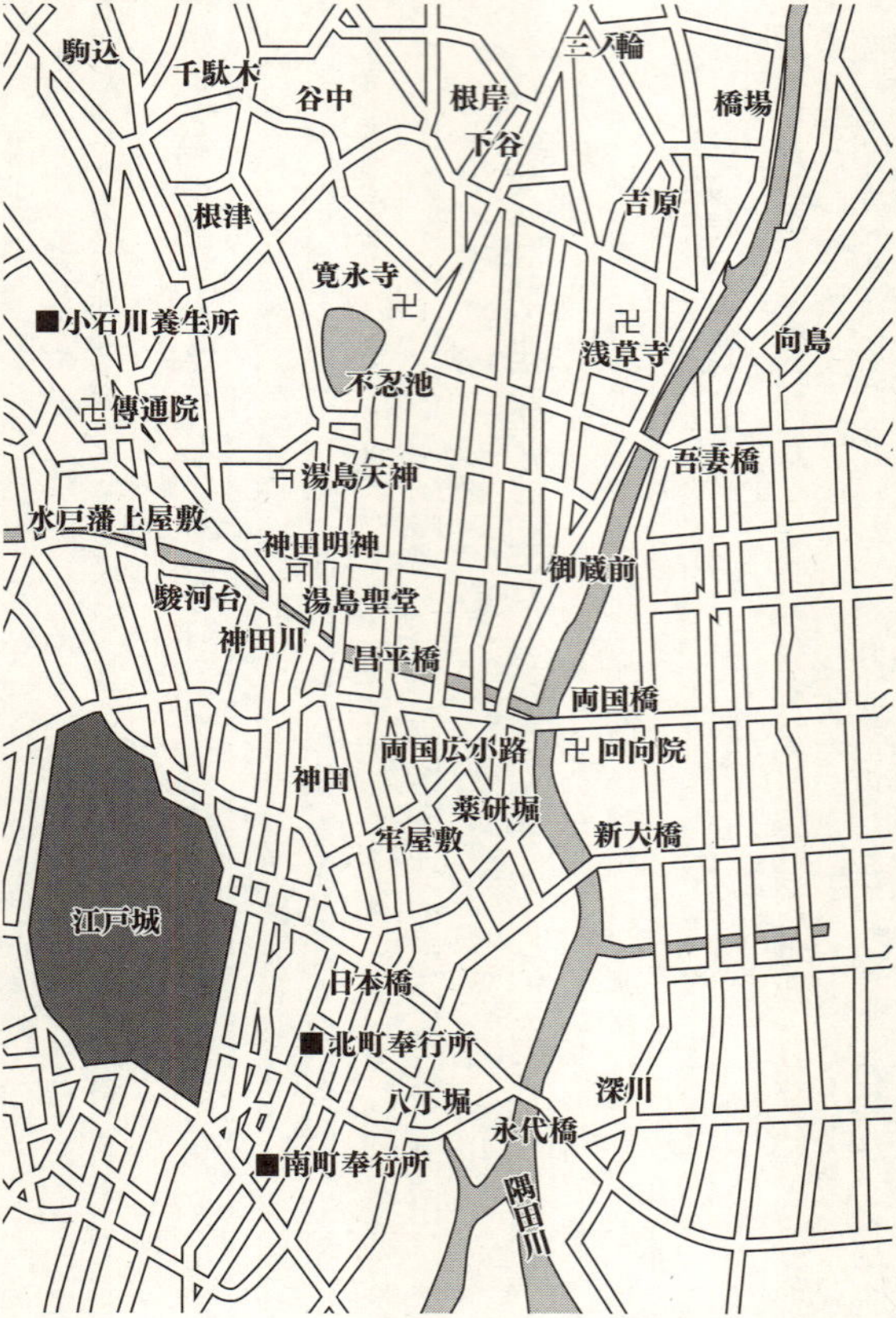

実際の縮尺とは異なります

日本橋を南に渡り、日本橋通りを進むと京橋に出る。京橋は八丁堀に架かっており、尚も南に新両替町、銀座町と進み、四丁目の角を右手に曲がると外堀の数寄屋河岸に出る。そこに架かっているのが数寄屋橋御門であり、渡ると南町奉行所があった。南町奉行所には〝剃刀久蔵〟と呼ばれ、悪人を震え上がらせる一人の与力がいた……

秋山久蔵御用控・登場人物

秋山久蔵（あきやまきゅうぞう）

南町奉行所吟味方与力。〝剃刀久蔵〟と称され、悪人たちに恐れられている。何者にも媚びへつらわず、自分のやり方で正義を貫く。「町奉行所の役人は、お奉行の為に働いてるんじゃあねえ、江戸八百八町で真面目に暮らしてる庶民の為に働いているんだ。違うかい」（久蔵の言葉）。心形刀流の使い手。普段は温和な人物だが、悪党に対しては、情け無用の冷酷さを秘めている。

弥平次（やへいじ）

柳橋の弥平次。秋山久蔵から手札を貰う岡っ引。柳橋の船宿『笹舟』の主人でもある。〝柳橋の親分〟と呼ばれる。若い頃は、江戸の裏社会に通じた遊び人。

神崎和馬（かんざきかずま）
南町奉行所定町廻り同心。秋山久蔵の部下。二十歳過ぎの若者。

稲垣源十郎（いながきげんじゅうろう）
南町奉行所定町廻り筆頭同心。

蛭子市兵衛（えびすいちべえ）
南町奉行所臨時廻り同心。久蔵からその探索能力を高く評価されている人物。妻が下男と逃げてから他人との接触を出来るだけ断っている。刷作りの名人で刷職人として生きていけるほどの腕前。

香織（かおり）
久蔵の亡き妻・雪乃の腹違いの妹。

与平、お福（よへい、おふく）
親の代からの秋山家の奉公人。

幸吉（こうきち）
弥平次の下っ引。

長八、寅吉、直助、雲海坊（ちょうはち、とらきち、なおすけ、うんかいぼう）
夜鳴蕎麦屋の長八、鋳掛屋の寅吉、飴売りの直助、托鉢坊主の雲海坊。弥平次の手先として働くものたち。

伝八（でんぱち）
船頭。『笹舟』一番の手練。

おまき
弥平次の女房。『笹舟』の女将。

秋山久蔵御用控

埋《うず》み火《び》

第一話

凶剣

一

正月――一月。

元日の初詣、二日の初商い、三が日の年始参り、七日の七草粥《ななくさがゆ》、そして十六日の藪入り、小正月が過ぎ、江戸の町はようやく正月気分から脱け出す。

その日、南町奉行所吟味方《ぎんみがた》与力秋山久蔵《あきやまきゅうぞう》の義妹・香織《かおり》は、神田須田町《かんだすだちょう》に住む茶の湯の宗匠《そうしょう》の家での稽古を終え、相弟子の由里《ゆり》と帰りを急いでいた。

由里は、常盤橋《ときわばし》御門前本両替町《ほんりょうがえちょう》にある金改役所《きんあらためやくしょ》の支配後藤庄三郎《ごとうしょうざぶろう》の十七歳になる一人娘だった。

金改役所は幕府の小判や一分金を作る処であり、通称『金座』と呼ばれていた。金座の支配である『金改役』は、小判や一分金の金貨の鋳造、改め、出納《すいとう》などの一切を指揮していた。金改役は後藤家の世襲職であり、当主は代々庄三郎を名乗っていた。後藤家は武士の身分ではないが、月二百両に扶持米《ふちまい》四百俵を与えられ、乗馬・帯刀を許された御公儀御用達商人筆頭として隠然たる力を誇っていた。

香織と由里が神田鍛冶町《かじちょう》にきた時、三人の薄汚い浪人が行く手に立ちふさがった。

香織は咄嗟《とっさ》に由里を後ろ手に庇《かば》い、浪人たちに鋭い視線を向けた。

「何か用ですか」

「ああ、酒の酌をして貰おうかと思ってな」

浪人たちは薄笑いを浮かべ、既に酔っているのか身体をゆっくりと揺らした。

「お断りします」

香織は厳しく撥ねつけ、由里の手をひいて浪人たちの横を通り抜けようとした。

浪人の一人が、行く手を阻もうと手を伸ばした。香織はその手を素早く払い、逆に押さえて捩《ね》じ上げた。浪人は短く呻《うめ》き、顔を歪《ゆが》めた。

行き交う人々が、一斉に香織たちの周囲から離れ、野次馬と化した。

「無礼をすると許しませんよ」

香織は、腕を捩じ上げた浪人を残る二人の浪人の盾にし、由里に先に行くように促した。

「由里さん、行って……」

「香織（おり）さま」

由里は脅え、震えていた。

「早く」

香織の厳しい声に促され、由里は先を急いだ。だが、残った二人の浪人が、由里をつかまえて連れ去ろうとした。

由里が短い悲鳴をあげ、身を捩《よじ》って抗《あらが》った。

香織は腕を捩じ上げていた浪人を突き飛ばし、由里を助けに行こうとした。だが、突き飛ばされた浪人は必死に踏み止まり、香織に背後から襲いかかった。香織から由里を助けにいく余裕が失せた。

「助けて……」

由里の恐怖に震えた声がした。

助けなければ……。

香織は焦った。だが、眼の前にいる浪人が、由里を助けに行こうとする香織の邪魔をした。

香織の焦りが募った時、浪人たちの悲鳴があがった。二人の浪人が倒れ、若い浪人が由里を後ろ手に庇って見下ろしていた。香織の邪魔をしていた浪人が、慌てて倒れている二人の傍に走った。

どうやら若い浪人が、二人の浪人を叩きのめして由里を助けてくれたようだった。

「何をしやがる……」

香織の邪魔をしていた浪人が怒鳴り、刀に手をかけて身構えた。

若い浪人は、恐れる様子もみせず、身構えた浪人をじっと見詰めた。

「……無駄な事だ」

「黙れ」

身構えた浪人の刀が閃《ひらめ》いた。刹那、刃の嚙み合う音が甲高く響き、浪人の刀が宙高く舞いあがった。

若い浪人が微かに笑った。若さに似合わない、落ち着いた静かな笑いだった。

次の瞬間、三人の浪人は身を翻《ひるがえ》し、野次馬を掻き分けて逃げた。

「香織さま……」

由里の全身から安堵感が溢《あふ》れた。

「由里さん、怪我はありませんか」

「はい」

「危ない処をお助け戴き、かたじけのうございました」

香織は若い浪人に礼を述べた。由里が慌てて続いた。

「いえ、無事でなによりです」

「あの……」

由里が、若い浪人に遠慮がちな眼差しを向けた。

「私は金座の後藤庄三郎の娘の由里、こちらは北島《きたじま》香織さまです。貴方さまは……」

「私は柊《ひいらぎ》……柊右近《うこん》です」

若い浪人の名は、柊右近……。

柊右近の声は、明るく若々しかった。

当然だ……。

香織は無意識にそう思った。

「香織さま……」

南町奉行所定町廻《じょうまちまわ》り同心神崎和馬《かんざきかずま》と下っ引の幸吉《こうきち》が、行き交う人々を弾き飛ばさんばかりの勢いで駆けつけて来た。

「和馬さん、幸吉さん……」

「自身番の父っつぁんが、香織さまが食詰め浪人どもに絡まれていると報《しら》せにきてくれましてね」

「お怪我はありませんかい……」

「ええ……」

「で、何処《どこ》です、浪人どもは」

和馬は辺りを睨《にら》み廻した。浪人は柊右近しかいなかった。

右近は和馬の鋭い視線を受け、微かなたじろぎを垣間《かいま》見せた。

「お主……」

「あっ、和馬さん、そちらの方は私と由里さんをお助け下さった柊右近さまです」

香織は慌てて右近を紹介した。

「そうでしたか、私は南町の定町廻り同心神崎和馬、こっちは幸吉。香織さまがお世話になり、礼を申します」

「お蔭で助かりました」

和馬と幸吉は、右近に礼を述べて頭を下げた。

「あの、香織さんは南の町奉行所と関わりがあるのですか」

「ええ、香織さまの義理の兄上は、南町奉行所の与力で悪党に剃刀《かみそり》と恐れられている……」

「秋山久蔵殿……」

右近が驚いたように和馬を遮《さえぎ》った。

「左様、御存知ですか」

「はい。お噂だけですが……そうですか、香織さんは秋山久蔵殿の義妹御《いもうとご》でしたか……」

右近は虚を突かれたのか、その顔に僅かな戸惑いを浮かべていた。

南町奉行所吟味方与力秋山久蔵は、香織を送ってきた和馬を相手に酒を楽しんでいた。

「へえー、柊右近かい……」

「はい。年の頃は二十二、三歳の浪人で、かなりの剣の使い手と思われます」

「だろうな。一人で三人を追い払ったんだ。腕に覚えがあるんだろう」

「はい……」

「お待たせしました」

香織とお福《ふく》が、白魚と豆腐の煮付や酒を持って来た。

「お嬢さまがお作りになられた白魚と豆腐の煮付、とても美味《おい》しく出来ましたよ」

お福が嬉しげに報告した。

「えっ、香織さまの手料理ですか、こいつは美味《うま》そうだ」

和馬が涎《よだれ》を垂らさんばかりに箸を伸ばした。

香織とお福は、和馬の反応を待った。

「……美味い、本当に美味いです。香織さま、いつでもお嫁にいけますね」

「そりゃあもう、仰《おつしや》るまでもなく……」

お福が胸を張った。ふくよかな身体が、一段と大きくふくらんだ。

「私はお福に教えられた通り、作っただけです」

香織は頬を赤らめた。

「で、今は何をしているんだい」

久蔵がいきなり尋ねた。

「はあ……」

和馬が煮付を頬張った顔を向けた。

「その柊右近、今、何をしているんだい」

「さあ、そこまでは……」

和馬は箸を置いた。

「何か気になる事でも……」

「和馬、お前にあるのかい」

「えっ、いいえ、私は別に……」

「そうか……」

まるで狂言だ……。

若い娘が無頼の浪人に襲われ、若い浪人が助けた。昔、芝居で見たか、読本《よみほん》で読んだような覚えがあった。

出来すぎた話……。

久蔵は酒を飲んだ。芝居や読本の筋書が、その後どう展開したか考えながら酒を飲んだ。


凍《い》てついた夜だった。

金座の平役・喜左衛門《きざえもん》は仕事を終え、寒さに身を縮めながら神田連雀町《れんじやくちょう》にある自宅に急いでいた。

金座の定員は二十六人。総責任者の『金改役』の後藤庄三郎の下に『年寄役』『勘定役』『平役』と分かれ、仕事を分担していた。『年寄役』は、地金の鑑定・品位測定用の本金の保管・鋳造職人の取締まりを担当し、『勘定役』は会計事務、『平役』は鋳造過程の監督を役目とした。

喜左衛門は提灯《ちょうちん》を手にし、常盤橋御門前の道を堀端沿いに竜閑橋《りゅうかんばし》に向かっていた。提灯がいらないほど通いなれた道だった。竜閑橋を渡り、鎌倉河岸《かまくらがし》を抜けて北に進めば連雀町であり神田川に突き当たる。

竜閑橋を渡った喜左衛門が、鎌倉河岸にでた時、行く手の暗がりに人影が浮かんだ。

喜左衛門は立ち止まり、怪訝《けげん》に提灯をかざして人影が誰か確かめようとした。提灯の僅かな灯りに浮かんだ人影は、眼だけを覗かせた覆面をした浪人だった。喜左衛門は立ち竦《すく》んだ。立ち竦みながらも覆面から覗く眼が、見覚えのあるものだと気がついた。

「お、お前は……」

喜左衛門がそう叫んだ時、覆面をした浪人が一気に迫った。恐怖に駆られた喜左衛門は、手にしていた提灯を投げつけた。

覆面の浪人の刀が、提灯を斬り飛ばして喜左衛門の肩に鋭く閃いた。

夜空に血飛沫《ちしぶき》が舞い、提灯が地面に落ちて燃え上がった。

袈裟懸《けさがけ》に斬られた喜左衛門は、悲鳴もあげずにゆっくりと崩れ落ちた。

覆面の浪人は、身を翻して素早く暗がりに立ち去っていった。

何処かで犬が激しく吠えた。おそらく、血の臭いに気付いて吠えているのだろう。夜の寒さは、その犬の吠える声すらも凍てつかせた。


岡っ引の柳橋《やなぎばし》の弥平次《やへいじ》は、喜左衛門の死体に手を合わせた。

眼を見開いた喜左衛門の死体は、左の肩口から右の脇腹にかけて深々と斬り下げられていた。

「袈裟懸の一太刀かい……」

弥平次は立ち上がって振り返り、頭を下げて脇に退いた。

久蔵が和馬を従えて出張ってきていた。

「御苦労さまにございます」

「うむ。仏、金座の平役だってな」

「はい。喜左衛門さんと申します」

久蔵と和馬は、自身番の土間に寝かされた喜左衛門の死体に手を合わせ、素早く検視した。

「かなりの使い手だぜ。辻斬り、物盗り、恨み、どれかに関わりあるのかい」

「三両二分の入った財布は手付かずです」

「物盗りじゃあねえとしたら……」

「金座や家の者の話では、喜左衛門は人に恨みを買うような人じゃあなかったそうです」

「残るは辻斬りか……」

「ですが、死体の見つかった鎌倉河岸は、北の町奉行所にも近く、ここ何年も辻斬りなど現れたことのない処でして……」

「となると、辻斬りでもねえか……」

「はい……」

「って事は、金座に関わりがある……」

「かもしれませんが秋山さま、金座は手前どもの手の及ばない処……」

金座は勘定奉行の支配下にあり、町奉行所の管轄外なのだ。

「金座の門を潜《くぐ》りゃあそうかもしれねえが、仏は町人、殺しの場所は鎌倉河岸だ。文句は云わせねえさ。で、幸吉たちはどうしたい」

「昨夜、怪しい侍を見た者がいないか、一帯に聞き込みをかけています」

「よし、じゃあ和馬、金座はお前だ」

「金座ですか……」

「ああ、勘定奉行にぐずぐず云われねえよう上手《うま》く立ち回り、内情をちょいと調べてみな」

「心得ました」

和馬は自身番の腰高障子を開けた。雲の垂れ込めた外は、灰色の寒さに満ち溢れていた。

「今晩、雪でも降りそうですね……」

和馬はぶるっと身を震わせ、自身番を飛び出していった。


弥平次の下っ引の幸吉は、手先をつとめる鋳掛屋《いかけや》行商の寅吉《とらきち》、飴売りの直助《なおすけ》、夜鳴蕎麦屋《よなきそばや》の長八《ちょうはち》、托鉢坊主《たくはつぼうず》の雲海坊《うんかいぼう》たちと手分けをし、被害者の喜左衛門が金座を出た時以降の日本橋北から内神田、両国浜町《りょうごくはまちょう》一帯を調べた。だが、不審な侍は一人も浮かばなかった。

　平役の喜左衛門は、三十余年間何事もなく金座に勤めた男であり、金改役の後藤庄三郎を始めとし、年寄役の忠兵衛《ちゅうべえ》、勘定役の善助《ぜんすけ》との仲も良好だった。そして、貨幣鋳造職人たちに対しても決して厳し過ぎず、寧《むし》ろ慕われていた。

「成る程、金座での喜左衛門に妙な処はねえか……」

「はい……」

「で、金座そのものはどうだ」

「喜左衛門が殺されたので、流石《さすが》に落ち着きを失っていますが、酷《ひど》く慌てたり脅えたりしている様子はございません」

「金座の者たちに揉め事はないのかい」

「はあ、ないと思いますが……」

　和馬は同心部屋の番茶を啜《すす》った。

「近頃は、職人出入口改場でも何の騒ぎもねえのかい……」

「ええ、騒ぎは十五年前にあって以来、一件もないそうです」

　職人出入口改場とは、小判や一分金の鋳造に関わった職人が金座から帰る時、不正を働いていないかを調べる場所である。

仕事を終えた職人たちは、職人出入口改場で素っ裸になり、勘定奉行所から派遣された目付役人の前で口を水ですすぎ、髷《まげ》を櫛篦《くしへら》で調べられ、横に渡された竹の棒を跨《また》ぎ、異常がなければ帰宅を許される。それは、小判や一分金は勿論《もちろん》、金の欠片《かけら》や屑《くず》を身に着けて持ち出すのを防ぐ為だった。

十五年前、一人の職人が一分金を持ち出そうとして捕まって以来、そうした不祥事は起こっていなかった。

「十五年も昔にあったきりか……」

金座に不審なところはなかった。

被害者の喜左衛門には、殺されるほど恨まれている様子はない。そして、幸吉と手先たちの探索の網にも、不審な者は引っかかってこなかった。

「どうやら、早々と行き詰まっちまったな」

久蔵は苦笑した。

神田川の川面《かわも》は、冬の寒さに凍てついたようにゆっくりと流れていた。

下っ引の幸吉は、柳原通り《やなぎわらどお》りを柳橋に向かっていた。柳原通りは、神田川に架かる筋違御門《すじかいごもん》から浅草御門までの間を云い、柳の並木が連なっている。柳橋の船宿『笹舟』は、旦那で板前だった主の病死後、一人娘のおまきが女将《おかみ》として切り盛りし始めた。そして時が過ぎ、行かず後家になっていたおまきは、客として訪れていた岡っ引の弥平次に惚れた。惚れたのは、弥平次も同じだった。弥平次はおまきの婿《むこ》になり、船宿『笹舟』で暮らすようになった。

柳原通りを抜けた幸吉は、両国広小路に出た。広小路は賑わっていた。その広小路から神田川に架かる柳橋を渡ると『笹舟』がある。

柳橋を渡ろうとした時、幸吉は傍らの茶店に由里が若い侍と一緒にいるのに気付いた。若い侍は柊右近だった。

由里と右近は、楽しげに語り合っていた。

幸吉は、二人を横目に見ながら柳橋を渡った。

『笹舟』では、弥平次と久蔵が打ち合わせを終え、酒を飲んでいた。

幸吉は、遅々として進まない探索の結果を報告し、由里と柊右近が広小路にいた事を話した。

「ほう、金座の由里と柊右近か……」

久蔵は僅かに眉を顰《ひそ》めた。

「広小路の茶店で仲良く……」

「幸吉、その柊右近ってのは、香織さまと由里さんを助けた浪人かい」

「へい。中々の二枚目でしてね。ありゃあ金座のお嬢さんが、惚れちまったのかも知れませんぜ……」

「失礼しますよ」

女将のおまきが、新しいお銚子と丼を持って入って来た。

「ささ、秋山さま、おあついのを……」

「うん。すまねえな、女将……」

おまきは久蔵と弥平次に新しい酒を酌し、幸吉に丼を差し出した。

「幸吉、お前の好きな浅蜊《あさり》飯ですよ」

「こりゃありがてえ。いただきます」

幸吉は嬉しげに箸を取り、煮付けた浅蜊を乗せた丼飯を食べ始めた。

若い娘を無頼漢から助け、それを縁に近付いて親しくなる。

古い手だ……。

久蔵には、右近と由里の関係がそう見えた。

右近の行動が、仮に久蔵の推測通りならば、それは惚れた女に近付く只の手立なのか、それとも他に意図が潜んでいるのだろうか。

いずれにしろ、芝居や読本の筋書通りに進んでいやがる……。

久蔵はそう思った。

二

内神田の町家には、小さな稲荷堂《いなりどう》が点在している。小さな稲荷堂は、神田鍋《なべ》町《ちょう》の裏長屋の木戸の傍にもあった。

その夜、裏長屋に住む老職人が、稲荷堂の前で袈裟懸の一太刀で斬殺された。

殺された老職人の名は茂吉《もきち》。金座の古参の端打《はしうち》職人だった。

二人目の被害者が出た。

金座の端打職人・茂吉は、馴染《なじ》みの小料理屋で好きな酒を楽しんだ帰り、平役の喜左衛門同様に袈裟懸で斬り殺された。

端打とは、小判の端を木槌《きづち》で叩いて形を整える事であり、茂吉はその古参職人だった。

「……毎晩、三合の酒を楽しみにしていた年寄りか……」

「はい。孫を可愛がり、人に恨みを買うような者ではなかったようです」

弥平次は殺しの現場から金座に廻り、南町奉行所の久蔵を訪れていた。

「下手人、喜左衛門を斬った野郎ですかね」

「おそらくな。で、和馬、金座におもしろそうな事はあったかい」

「それが、喧嘩や揉め事もなく、平穏なものでして……」

「だが、こうなりゃあ喜左衛門殺しも茂吉殺しも、金座に関わりがあっての事かもしれねえな」

「はい……」

「で、喜左衛門と茂吉に通じているもの、何かあるのかい」

「二人とも金座じゃあ古株の年寄り、若い職人たちの面倒見も良い。そのぐらいですかね、通じているものって……」

和馬は吐息を洩らした。

「和馬の旦那、表から見りゃあ結構な評判でも、裏から見たらどうなるか……」

「どういうことだ親分……」

「いえ、どんなに良い評判でも、おもしろくないってへそ曲がり、一人ぐらいはいますよ」

「そんなものかな……」

「ええ……」

「立派な奴ほど鬱陶《うっとう》しいか……」

「違いますかね、秋山さま」

「いいや、親分。俺もがきの頃、良い子過ぎる奴には、妙に苛々《いらいら》したもんだぜ」

「過ぎたるは及ばざるが如しか……」

和馬は憮然と呟いた。

「和馬、とにかく金座だ、金座から眼を離すな」

「心得ました」

和馬は素早く退出していった。

「秋山さま、殺された喜左衛門さんと茂吉さん、下手人を知っていたんでしょうね」

「……親分、知っていたから殺されたのに違いあるまい」

「古手の二人が知っている事となると、おそらく昔の事。で、そいつが露見するのを恐れての凶行……」

「つまり、下手人は昔、金座にいた者かも知れねえな……」

「分かりました。昔、金座にいて二人に関わりのある者の割り出し、急いでみます」

「ああ、下手人はかなりの剣の使い手だ。くれぐれも気をつけてな」

「はい。承知しております。じゃあ、御免なすって……」

弥平次は素早く出て行った。歳に似合わない無駄のない動きだった。そこには、今度の一件に関する弥平次の緊張が窺《うかが》われた。

老練な岡っ引が緊張している……。

金座で働く二人の年寄りの斬殺事件には、弥平次にも考えつかぬ事実が潜んでいるのかも知れない。

久蔵は得体の知れぬ不気味さを感じた。

由里はお付の女中と下男を従え、見送る香織とお福に深々と頭を下げて秋山屋敷を後にした。

「何処の娘だい……」

奉行所から戻った久蔵が、いつの間にか香織とお福の背後にいた。

「これは旦那さま……」

「お帰りなさいませ、義兄上《あにうえ》」

「香織よりちょいと若いくらいか……」

「ええ、三つ年下、金座の由里さん」

「金座の由里……」

「ええ……」

由里とお供の女中たちは、既に町御組屋敷街の辻に消えていた。無頼の浪人に絡まれて以来、後藤庄三郎は出かける由里にお供をつけるようになっていた。

久蔵は香織とお福を従え、屋敷に戻った。

「旦那さま、その三歳年下の金座の由里さまが、今度婿をお貰いになるそうでして、香織さまに御挨拶におみえになったのですよ」

「婿……」

「はい。旦那さま、香織さまもそろそろ考えなければなりません」

お福は妙に張り切っていた。

「もう。お福、私はまだまだお嫁になんか行きませんよ」

「いいえ、そうはまいりません。ねえ、旦那さま」

「ふん。ま、そいつは後でゆっくり相談すりゃあいい。それより、由里の婿になるのは、柊右近かい」

「えっ、ええ……」

香織が怪訝な眼差しを久蔵に向けた。

「義兄上、何故、右近さんだと……」

「なあに、芝居か読本の筋書き通りに進んでいるだけよ」

「芝居か読本……」

「ああ、良くある話ってわけだ」

由里と柊右近の縁組……。

喜左衛門と茂吉の斬殺……。

金座に事が重なる。

久蔵はきな臭さを感じた。

夜の両替町本通りの堀端には、凍てついた風が吹き抜けていた。

三千三百坪余りの敷地を誇る金座は、暗く静まっていた。

長八は金座が見通せる処に夜鳴蕎麦の屋台を開き、夜の監視を続けた。昼間は勿論、鋳掛屋の寅吉が、近所のおかみさんに頼まれた鍋の底を修繕しながら見張っていた。

今のところ、長八と寅吉の気になる程の不審な事は、金座にはない。

釜の炭火は真っ赤に燃え、鍋の湯を煮立たせていた。

真っ赤に燃える炭火は、だし汁や蕎麦を茹でる湯を沸かすだけではなく、張り込みの暖をとり、時として現れる辻強盗へ浴びせて撃退する武器にもなった。

「どうだい、長八つぁん……」

下っ引の幸吉が現れた。

「妙な事はねえよ……」

「そうか……」

「そっちはどうだい」

「同じだよ。それで長八つぁん、親分が今夜はもういいから、笹舟に来てくれと云っているぜ」

「そいつはありがてえ……」

長八は幸吉に手伝って貰い、屋台を素早く片付けて柳橋の『笹舟』に急いだ。

船宿『笹舟』の居間には、寅吉と飴売りの直助、そして托鉢坊主の雲海坊が既に集まり、熱い鳥鍋を食べながら酒を飲んでいた。

「御苦労だったな長八。さあ、今夜は温まってくれ」

弥平次とおまきが、長八と幸吉を迎えた。

「へい。いただきます」

長八と幸吉は、寅吉たちの輪に入り、湯気をあげる鳥鍋を囲んだ。

「……じゃあ親分、今度ばかりは秋山さまもお手上げなんですか」

雲海坊が薄汚い手拭で額の汗を拭い、茶碗酒を飲んだ。

「さあ、秋山さまの事だ。まったくお手上げだとは思えねえが……」

酒を酌《く》み交わしての話は、自然に雑談から金座関係者の連続殺人事件になっていった。

弥平次が酒宴を催したのは、配下の者たちの慰労は勿論だが、雑談の中に事件に対する新たな見方がないかを探す狙いもあった。

弥平次一家の酒宴は、夜更けまで和《なご》やかに続いた。

日本橋を北に進むと神田川に出る。そこは筋違御門と昌平橋《しょうへいばし》が架かっている八《や》つ小路《こうじ》であり、西側には飯田町駿河台《するがだい》の武家地が広がり、東側には内神田と両国浜町、川を渡れば神田明神、湯島天神、不忍池《しのばずのいけ》、東叡山寛永寺《とうえいざんかんえいじ》が続いていた。

日本橋から半里余、久蔵は昌平橋を渡って神田明神下の通りに入った。左手には、大黒天、恵比寿天、平将門《たいらのまさかど》を祀《まつ》る江戸の総鎮守神田明神社がある。

久蔵は明神下の通りを進み、妻恋坂《つまこいざか》をのぼって妻恋稲荷横手の路地に入った。その路地の奥に古い裏長屋があり、柊右近の暮らす家があった。

妻恋稲荷は、日本武尊《やまとたけるのみこと》が三浦半島から房総に渡る時、暴風雨にあい、弟橘媛《おとたちばなひめ》が身を投げて鎮めたのを偲《しの》んだ地であるところから出来たものだった。

久蔵が妻恋稲荷の横を抜けて古長屋に向かった時、鋭い気合が辺りの静寂を短く切り裂いた。気合は妻恋稲荷の裏手から響いていた。久蔵は足音を忍ばせて裏手の雑木林に近付いた。

若い浪人が一人、雑木林で真剣刀を使って剣の形を演じていた。若い浪人は、呼吸を毛筋ほども乱さず、僅かな汗も滲《にじ》ませていなかった。

若い浪人は真剣刀の動きを見せず、確実に形を決めていた。そこには、真剣刀の一瞬の輝きと静けさがあるだけだった。

見事な神道無念流《しんとうむねんりゅう》だ……。

久蔵は若い浪人の使う剣を見抜いた。

昔、何処かで見た神道無念流……。

久蔵に微かな覚えがあった。

昔、心形刀流《しんぎょうとうりゅう》の修行をしていた頃に出合った神道無念流の太刀筋だった。

久蔵の思いが揺れた。その揺れが、若い浪人の動きを止めた。

久蔵は我に返り、若い浪人を見詰めた。

若い浪人は、久蔵が攻撃してこないのを確かめると、刀を鞘《さや》に納めて振り返った。静かな微笑《ほほえ》みを浮かべていた。

「柊右近さんかい……」

「そうですが、あなたは……」

「南町奉行所の秋山久蔵って者だ」

「ああ、あなたが……」

右近の微笑みに親しみが込められた。

「で、私に何か……」

「遅くなったが、義妹の香織が世話になった礼を云いにな……」

「礼だなんて……」

「それにしても見事な神道無念流だ」

右近の微笑みから親しみが消え、僅《わず》かに歪んだ。一瞬の出来事だった。

「いえ、それほどでも……」

右近の微笑みに、再び親しみが滲んだ。

「神道無念流、師匠は何処の誰だい……」

「師匠……」

「ああ……」

「別にいません……」

「いない……」

「はい。諸国を巡り、いろいろな方に剣の手ほどきを受けてきましたので……」

「成る程……」

東叡山寛永寺の鐘が巳《み》の刻四つを告げた。

「あっ、秋山さま、折角おみえになられたのに申し訳ありません。私、行かねばならぬ処がありまして……」

「行かねばならぬ処……」

「はい。私、寺子屋で手習いの師範代をさせて貰っていまして、御免……」

右近は久蔵に一礼し、足早に雑木林を出て妻恋坂を下り始めた。弾むような足取りだった。途中、右近は久蔵を振り返り、笑顔で会釈《えしやく》をした。邪気のない子供のような笑顔だった。

久蔵は違和感を覚えた。

右近の子供のような笑顔と神道無念流の腕の冴えが、どうしても一緒にならなかった。

南町奉行所に戻った久蔵は、御用部屋に和馬を呼んだ。

「お呼びにございますか」

「ああ、金座に何かあったかい」

「それが皆目……」

「そうか。じゃあ和馬、お前はこれから柊右近を探ってくれ」

「柊右近……」

「忘れたのかい。香織と金座の由里を助けてくれた浪人だぜ」

「いえ、そいつは知っていますが、柊右近を何故……」

「由里の婿になるそうだぜ……」

「本当ですか」

和馬は驚き、素《す》っ頓狂《とんきょう》な声をあげた。

「ああ、金座の後藤庄三郎の婿。世間でいう玉の輿《こし》の逆。ひょっとしたら喜左衛門や茂吉殺しと関わり、ありゃあしねえかと思ってな」

「はあ……」

「ま、後藤庄三郎ほどの者が、娘の婿にするってんだ。それなりに身元を調べ、納得しての事だろうが……」

「すっきりしませんか……」

「ああ、右近は神道無念流のかなりの使い手。充分に気をつけてくれ」

「はい……」

「よし、それだけだ……」

久蔵は和馬に背を向け、定町廻り同心たちの報告書を手にとった。

金座の年寄役忠兵衛は、弥平次の質問に眉を顰めた。

「如何《いかが》ですか……」

弥平次は幸吉たち配下の話を聞き、金座に起きた出来事を洗い直した。そして、唯一気になったのが、十五年前の職人による一分金持ち出し事件だった。弥平次はそれを調べる気になったというより、それしか調べるべきものはなかった。

「はい。一分金持ち出しは、何分にも十五年も昔の出来事なので……」

「余り良く覚えちゃあいませんか」

「ええ、持ち出したのは、確か殺された茂吉さんと同じ端打職人でしてね。詳しい事は良く知りませんが、何でもおかみさんが急な患《わずら》いで薬代が要りようになり、思わず持ち出してしまったとか……」

「で、その端打職人の名前は……」

「さあ、何て云いましたか……」

忠兵衛は首を捻った。

「じゃあその端打職人、どうなりました」

「それが、茅場町《かやばちよう》の大番屋でお取調べを受けている内に、心の臓の発作で……」

「死んだのですか」

「はい……」

忠兵衛は頷《うなず》いた。

「それから患っていたおかみさんも亡くなり、男の子が一人残されたようです」

「男の子……」

「ええ……」

「その子、どうなったかは……」

「さあ……」

「名前は」

「さあ、それも……」

「御存知ありませんか……」

「はい、茂吉さんか平役の喜左衛門さんなら知っていた筈ですが……」

「殺された二人がですか」

「ええ、茂吉つぁんは端打職人の親方、平役の喜左衛門さんは小判造りの検分役として一分金持ち出しの一件を始末しましたので……」

「二人の他に詳しく知っている方は……」

「さあ、いないと思いますが……」

　斬り殺された二人だけが、十五年前の一分金持ち出しを詳しく知っていた。

　二人の死と十五年前の一分金持ち出しは、何らかの関わりがあるのかもしれない。

漸《ようや》く突破口を見つけた……。

弥平次の岡っ引としての直感が囁《ささや》いた。


和馬は江戸にある神道無念流の道場を訪ね歩き、柊右近を知っている者を探した。だが、数ある道場の中には、右近を知っている者は一人としていなかった。

行き詰まった和馬は、妻恋稲荷裏の古長屋の大家を訪ねた。

右近が、妻恋稲荷裏の古長屋に引っ越してきたのは一年前だった。

旅姿の右近は、古長屋を差配する大家を訪れ、常陸牛久《ひたちうしく》にある光明寺の住職の請状《うけじょう》を差し出した。請状とは身元を証明するものであり、光明寺の住職と知り合いだった大家は右近を受け入れ、妻恋稲荷裏の古長屋の空き家に住まわせた。

「柊右近の詳しい身元は、牛久の光明寺の住職に聞けば分かるか……」

和馬は北の空を眺め、常陸牛久の光明寺に行く決意をした。


一分金を持ち出した端打職人は、留助《とめすけ》という名前だった。その留助が大番屋で心の臓の発作で死んだ時、患っていた女房のお紺《こん》も亡くなり、長屋には新太《しんた》という子供が一人残された。

当時、新太は七歳であり、隣近所の者たちの情けを受けて暮らしていたが、いつの間にか長屋から姿を消した。

新太が生きていれば、二十二歳……。

弥平次は、幸吉と雲海坊に新太の行方を追わせた。


常陸国牛久光明寺……。

「その寺の住職が請人か……」

「はい」

請人である光明寺の住職に聞けば、柊右近の身元はある程度判明する。

久蔵は和馬の牛久行きを許した。

和馬は久蔵の許可を貰った足で旅仕度をし、八丁堀の組屋敷に戻らずに南町奉行所を出立した。

常陸国河内郡牛久は日本橋から十六里、牛久藩一万石山口筑前守《ちくぜんのかみ》の城下町だ。

和馬は神田川に架かる新し橋《あたらばし》を渡り、三味線堀《しゃみせんぼり》から千住《せんじゅ》に抜けて水戸街道に急いだ。

留助一家が暮らしていた長屋は、既に取り壊されていた。そして、当時の住人たちはいなく、大家も死んでいた。

幸吉と雲海坊は、新太を知っている者を探し廻った。そして、雲海坊が当時の新太を苛《いじ》めていたがき大将を漸く見つけた。酒屋の倅《せがれ》だったがき大将は、今は店を継いで実直な若旦那になっていた。

「新太ですか……」

「ああ、覚えているかい」

「へい、新太が何か……」

「今、何処でどうしているか知っているか」

「いいえ、お父っつぁんとおっ母さんが亡くなってから、長屋で暮らしていた剣術使いの浪人さんに付いて廻って……」

「剣術使いの浪人……」

「へい。そしていつの間にか、その浪人さんと一緒にいなくなったんです」

十五年前、親を亡くした七歳の新太は、剣術使いの浪人と一緒に姿を消していた。

三

それが、親を亡くした七歳の新太が、一緒に姿を消した剣術使いの浪人の名前だった。

氷川総十郎《ひかわそうじゅうろう》……。

聞き覚えのある名だ……。

久蔵は思い出そうとした。だが、名前の奥に浪人の顔は現れなかった。

「で、剣術使いは何流を使うんだい」

弥平次は、幸吉と雲海坊の探索結果を久蔵に伝えにきていた。

「それが、なにしろ十五年も昔の話、流石に元がき大将の酒屋の若旦那もそこまでは覚えちゃあいなかったとか……」

弥平次は探るような眼差しを久蔵に向けた。

久蔵の脳裏に真剣の閃きが瞬いた。

神道無念流……。

真剣の閃きは、妻恋稲荷裏の雑木林で見た柊右近の真剣を思い出させた。

「神道無念流かも知れねえ……」

「……神道無念流ですか……」

「ああ、勘だがな……」

金座から一分金を持ち出した留助の子・新太探しに、柊右近を思い浮かべた。

だが、それは確かな脈絡もない思いつきに過ぎない。

只の苦しまぎれかも知れねえ……。

久蔵は苦笑した。

「親分、神道無念流は無理筋かもな……」

「いえ、秋山さまがどうして神道無念流だと仰ったのか分かりませんが、行き当たるまでは一つずつ潰していくしかありません。その手始めの神道無念流ですよ」

「そうかい、じゃあ幸吉と雲海坊に、必ず埋め合わせをするってな……」

「秋山さま、そいつは無用なお気遣いですよ」

弥平次は、久蔵の〝勘〟を信じていた。

「ところで秋山さま、金座の後藤さまとはまだお逢いにならないのですか」

金座の古株が二人、何者かに斬殺された以上、支配の後藤庄三郎に話を訊いても何の不都合もない。そして、後藤庄三郎は、一人娘の由里の婿と決めた柊右近の身元を調べているのに決まっている。

「親分、早まっちゃあいけねえ。もう少し様子を見てみようぜ」

「下手人、後藤さまを見張っているかも知れませんか……」

「喜左衛門、茂吉と続いた殺しが、ぴったりと止まった。そいつは何故か……」

「もう人を殺すのに飽きた……」

「理由もなく人を殺して、勝手に飽きる野郎は滅多にいねえ……」

「となると、二人の他に殺す必要はないからですか……」

「ああ、親分、下手人は二人に生きていられちゃあ拙《まず》い奴。つまり、自分の正体が露見するのを恐れ、二人を斬った」

「となると、下手人は金座の中か周りにいますか……」

「ああ、今でもな……」

「それにしても今更、喜左衛門さんと茂吉さんを斬って口封じをするなんて……」

　考えを巡らせていた弥平次が、唐突に緊張して久蔵を見詰めた。

「まさか、秋山さま下手人は……」

「ああ、だが確かな証拠はなにもねえ。そいつを押さえる迄《まで》、好きなだけ泳がせてやろうじゃねえかい」

久蔵は不敵に笑った。

その頃、和馬は水戸街道を五里ほど進んで武蔵国《むさしのくに》を抜け、舟で新利根川を渡って下総《しもうさ》葛飾郡松戸宿に着いていた。

松戸宿から牛久までは、小金、我孫子《あびこ》、取手《とりで》、藤代《ふじしろ》と続いて約十余里。明日、早立ちをすれば、日暮れ前には牛久藩に着ける……。

和馬は松戸宿の旅籠《はたご》『柏屋』に旅装を解き、手早く風呂に浸かって酒を頼んだ。

幸吉と雲海坊は、手分けをして神道無念流の道場を巡り、〝氷川総十郎〟を探した。だが、氷川総十郎は見つからなかった。

神田川を遡《さかのぼ》り、湯島の聖堂を過ぎると御三家水戸藩江戸上屋敷がある。その水戸家江戸上屋敷の隣に竜門寺牛天神があり、神道無念流の剣術道場神兵館《しんぺいかん》はあった。

神兵館は、神道無念流の流祖福井《ふくい》兵右衛門《ひょうえもん》嘉平《かへい》の流れを汲む大熊弥九郎宗忠《おおくまやくろうむねただ》が開いた道場で、現在は三代目である大熊弥九郎宗長《むねなが》が道場主だった。

彦八《ひこはち》は三十年もの間、神兵館の下男として門弟たちを見てきた老爺《ろうや》だ。

雲海坊は、彦八が道場の周囲の掃除を終え、一服する頃を計らって聞き込みをかけた。

「氷川総十郎……」

「ああ、十五年前、神兵館にそんな名前の門人、いなかったかな……」

「いたよ、氷川総十郎の旦那……」

彦八は、雲海坊と幸吉の苦労を嘲笑《あざわら》うかの如く、こともなげに答えた。

「氷川総十郎さん、この神兵館の道場にいたのかい……」

「ああ、ま、いたというより、時々通ってきていたよ」

新太と江戸を出た氷川総十郎は、久蔵の睨み通り神道無念流の剣客だった。

漸く辿《たど》り着いた……。

雲海坊は内心ほっとした。

「どんな人だい……」

「四十歳を過ぎていてな。あの頃の噂じゃあ先代の先生よりずっと剣術の腕が立ったそうだよ……」

甲州浪人の氷川総十郎は、武士として大名旗本家への仕官を諦め、神道無念流の剣客として生きようとした。そして、神兵館を時々訪れ、己の剣を磨いた。だが、剣を磨けば磨くほど、氷川は神兵館の二代目道場主に疎《うと》まれた。

「そいつはまた、どうしてですかい……」

「そりゃあどんなに偉い先生でも、自分より強けりゃあ、邪魔になるのが人情ってものだよ」

氷川の剣は強過ぎた。強過ぎて神兵館の二代目当主に嫌われ、剣客として生きる道も閉ざされた。

「それで、氷川総十郎さん、どうしたんだい」

「江戸での暮らしに見切りをつけ、旅に出たそうだよ」

氷川総十郎は放浪の剣客として旅に出た。

「旅って何処に……」

「さあ、剣術修行の旅だ。何処に行ったのやら……」

「分からないか……」

「ああ……」

「彦八つぁん、氷川総十郎さんの処に七歳ぐらいの男の子は来ていなかったかい」

「新太か……」

彦八は新太の名を懐かしげに口にした。

「来ていたのかい……」

「ああ。最初、儂《わし》は氷川さんの倅かと思ったんだが、なんでも両親を亡くした孤児だとかでな、氷川さんにくっついて来て……台所の隅でよく飯を食わせてやったもんだ」

新太……。

両親を亡くしてからの新太の姿が、漸く実像として浮かび始めた。

彦八はそんな新太を哀れみ、なにかと声をかけて面倒を見てやったという。いずれにしろ彦八には、氷川総十郎と新太は懐かしい人間だった。

新太は十五年前、浪人剣客の氷川総十郎と江戸から出て行っていた。

「牛天神の神兵館か……」

久蔵は思い出した。

神道無念流でありながらその形を無視した小柄な剣客が、神兵館にいたのを思い出した。背が低く風采のあがらない中年の剣客が、氷川総十郎だった。

氷川総十郎の剣は、勝つ為には神道無念流の形を平然と無視した。

神道無念流を無視し、勝つことだけに集中した氷川の剣は異様な冴えと鋭さを見せた。

敵にとっては恐ろしく、味方にとっては邪道の剣……。

それが、氷川総十郎の剣であり、神道無念流神兵館二代目当主に疎まれ、憎まれた。

久蔵は昔、氷川総十郎の稽古を見た。氷川の稽古に容赦はなく、神兵館道場の門弟たちに血反吐《ちへど》を吐かせていた。

あの男が氷川総十郎だった……。

風采のあがらない不遇の剣客・氷川総十郎と両親を亡くした七歳の新太……。

二人が身を寄せ合ったのは、当然の運命なのだ。久蔵にはそう思えた。

いずれにしろ、新太を連れて江戸を出た氷川総十郎は神道無念流だった。そして、柊右近も神道無念流の使い手なのだ。

神道無念流……。

二人に僅かな繫がりが浮かんだ。

久蔵は、繋がりの先にあるものを探った。

幸吉と雲海坊は、氷川総十郎と新太の暮らしぶりを知る人を探し、尋ね歩いた。

氷川総十郎の風采の悪さと勝負への異常な執着心は、世間を充分に狭くしていた。狭い世間は、氷川を容赦なく吹き溜まりに追い込んでいった。だが、七歳の新太は、氷川の薄汚れた着物の袖を小さな手で握り締めているしかない。氷川と新太は、江戸を旅立ったのではなく、追い出されたのかもしれない。

幸吉と雲海坊の口数は、氷川と新太の過去を知れば知るほど少なくなった。

「どうだい、一杯飲まねえかい」

雲海坊が幸吉を酒に誘った。

「どうした、雲海坊……」

「がきの頃を思い出しちまってな……」

雲海坊は新太を調べる中で、己の子供の時を思い出していた。貧しくて口減らしに寺に預けられた過去を、思い出さずにはいられなかった。

寺に預けられたんじゃあねえ、親に棄《す》てられたんだ……。

雲海坊は、己の子供の時の姿を新太と重ねていた。

「そうだな、温まるか……」

幸吉も自分の子供の頃を思い出した。父親が博奕《ばくち》に溺れて死んだ後、悪の道に入り込んでいった過去を思い出さずにはいられなかった。

親のいねえ子供の生きる手立ては、幾つもありゃあしない……。

幸吉と雲海坊は場末の飲み屋で熱い酒を啜り、いつしか新太の歩んだ道に想いを馳せていた。

俺たちと変わりゃあしねえ……。

幸吉と雲海坊は、子供の頃の荒《すさ》んだ思いを忘れようと、熱い酒を飲んだ。

江戸から十六里、牛久宿の入口から牛久沼の水面の輝きが見えた。

和馬は牛久藩山口筑前守の領地に着いた。一万石の牛久藩に城はなく、陣屋の構えであった。

和馬は宿場役人に光明寺の場所を尋ね、牛久沼の畔《ほとり》に急いだ。

光明寺は牛久沼の畔にあった。

和馬は、光明寺の明海和尚《みようかいおしよう》に面会を求めた。

明海和尚は、江戸から来た和馬に快く逢ってくれた。

庫裏《くり》の外に広がる牛久沼は、冬の微風に小波《さざなみ》を走らせて残光に赤く煌《きら》めいていた。

「柊右近……」

明海和尚は色艶の良い坊主頭を傾け、怪訝な眼差しを和馬に向けた。

「はい。和尚殿が江戸本郷妻恋稲荷裏の大家宛に請状を書いてやった浪人です」

「ああ、あの柊右近ですか……」

明海和尚は思い出した。

「あの柊右近の事で、わざわざ江戸からいらっしゃったのか」

「はい……」

「右近、江戸で町奉行所に関わる真似をしましたか」

「いえ、まだそうと決まったわけではありません。只、その素性を知りたくて……」

「そうですか……」

「和尚殿、柊右近とはどのような関わりなんですか」

「どのような関わりと申しても、ありゃあ儂が甲州の寺で修行していた若い頃に知り合い、親しくなった古い友の弟子でな」

「古い友とは……」

「氷川総十郎と申す剣術遣いだ……」

「何流の剣術遣いですか」

「確か神道無念流だったと思うが……」

神道無念流……。

「柊右近は、その氷川総十郎殿の剣術の弟子なのですね」

「左様……」

「で、氷川殿は今何処に……」

「一年前から裏の墓地で眠っておる」

「墓地……」

氷川総十郎は、一年前に死んでいた。

「和尚殿、詳しくお教え願います」

「うむ……」

氷川総十郎は二年前、労咳《ろうがい》にやつれた身体を襤褸《ぼろ》で包み、同じように粗末な着物を纏《まと》った弟子に背負われて光明寺に現れた。それが、明海和尚と氷川総十郎の三十年振りの再会だった。

氷川総十郎は年齢以上に老けて見えた。それは、労咳に蝕《むしば》まれていた事もあるが、長い放浪生活の果てに志を失った男の姿に他ならなかった。そして、深い皺《しわ》に刻み込まれたものは、失意と絶望、屈辱と憎悪だった。氷川は既に死を覚悟し、生涯只一人の友である明海和尚のもとを訪れた。明海和尚は氷川を寺に引き取り、養生をさせようとした。だが、氷川は養生を断り、静かに死を迎えさせてくれと頼んだ。

「最早、望みは死のみ……」

氷川の決意は固く、翻らなかった。

明海和尚は、氷川の望みを聞き入れるしかなかった。

氷川総十郎は光明寺の離れに臥《ふ》せ、弟子の柊右近の世話を受けて訪れる死を待った。右近は氷川に言われるままに世話をした。幼さを残した顔に微笑みを絶やさず、物静かに看病をした。そして一年後、氷川総十郎は死んだ。剣客をして生きようとした男の哀しく無残な死だった。

「で、柊右近は……」

「拙僧と一緒に氷川さんを葬り、江戸に行った。その時、妻恋稲荷裏の長屋の大家、長助の実家は昔からこの寺の檀家でな。それで頼まれて請状を書いてやったのだ……」

「その柊右近の素性、分かりますか」

「新太だ……」

明海和尚は微笑みを浮かべた。

「新太」

「左様、それが右近の本当の名だ」

「で、どのような……」

「新太は幼い時に両親を亡くし、氷川さんに引き取られた者でな。一緒に諸国を巡り、辛く厳しい思いをしてきた筈なのに、笑みを絶やさない静かな若者だった……」

「和尚殿、何故、新太は柊右近と……」

「うむ。氷川さんを葬った場所の右側に柊の木があってな。新太はそれを見て、柊右近と名を変えた。新太は若い、氷川さんを忘れて生まれ変わるには、名を変えるのも良し……」

牛久沼は既に赤い煌めきを失い、暗く静かな水面に変わっていた。

妻恋坂に吹きあげる風は、蒼白い月光を受けて冷たく鳴っていた。

右近は暗がりを見詰めていた。

白く乾いた一本道は何処までも続き、灰色の海は波を大きく盛り上げて散らし、黒い雲は空を覆《おお》って冷たい雨を叩きつける……。

幾つもの風景が、暗がりに次々と浮かんでは消えていった。

旅の楽しさは勿論、懐かしさもない。あるものは、終わりの見えない恐ろしさと辛さだけだった。

右近は眼を逸らしも、瞑《つむ》りもしなかった。それが、七歳の時から目《ま》の当たりにしてきた世間であり、現実なのだ。

眼を逸らし瞑るのは、負けた時だけだ……。

師匠の厳しい声が、容赦なく浴びせられた。

季節は変わり、荒涼とした風景は消え、様々な人間の顔に変わっていった。そして、右近は人間に潜む荒涼とした恐ろしさが、風景以上のものである事を知った。だが、右近は眼を逸らしも瞑りもしなかった。

俺は勝つ……。

右近は闇に包まれ、まるで幼子のような眼差しで暗がりを見詰め続けた。

妻恋坂を吹き上げる風の唸りが、微かに響いていた。

そろそろ逢ってみるか……。

久蔵は、金座の主である後藤庄三郎を柳橋の船宿『笹舟』に招いた。

後藤は迎えに来た伝八《でんぱち》の屋根船に乗り、『笹舟』にやって来た。

幸吉と雲海坊、そして飴売りの直助が、日本橋川を下り、箱崎橋を潜って三俣《みつまた》から隅田川を遡る屋根船を見守り、尾行する者のいないのを確かめた。

弥平次とおまきが、『笹舟』の船着場に着いた後藤を出迎えた。弥平次おまき夫婦と後藤は、初めて逢う仲ではない。かといって親しく口を利く間柄でもなかった。

「わざわざのお越し、申し訳ございません」

「いいえ、南町の秋山久蔵さまが、私のような者を親分のお店にお招きになる。断る訳には参りません」

堂々たる体軀の後藤は、色艶の良い顔をほころばせ、弥平次とおまきに挨拶した。その如才なさの裏には、天下を動かす金を握っている傲慢さと非情さが隠されている。

「お見えにございます」

弥平次が座敷に声をかけた。

「ああ、入って貰ってくれ……」

弥平次が襖を開け、後藤を座敷に入るように促した。

「御無礼致します……」

後藤は座敷に入り、戸惑った。

久蔵は濡縁《ぬれえん》の日溜りに座り、庭越しに隅田川を眺めていた。

後藤は戸惑った。久蔵は武士だが二百石取りであり、自分は町人の身分だが四百俵の扶持米を貰っている。そして、一介の御家人である久蔵より大名や幕閣と通じており、その隠然たる力は身分を逆転させるのも可能だった。

久蔵は濡縁に座り、面倒なしがらみを無視していた。

「南町の秋山久蔵だ。よく来てくれたな」

「金座の後藤庄三郎にございます。この度はお招きに与《あず》かり……」

「ま、いいやな。猫になろうぜ、猫に……」

「猫……」

「ああ、猫のように日溜りを楽しもうじゃあねえか」

久蔵は人懐《ひとなつ》っこい笑顔を後藤に向け、身分を気にしないですむ濡縁に誘った。

「はい……」

「ささ、どうぞ……」

弥平次が久蔵の隣に座布団を運んだ。

「では……」

後藤は遠慮がちに久蔵の隣に座った。同時に、久蔵がお銚子を差し出した。

「か、かたじけのうございます」

後藤は慌てて盃を取った。

「金座じゃあ南町の評判、さぞ悪いんだろうな」

「えっ……」

「喜左衛門と茂吉の殺しの始末、まだつけられねえってな。違うかい」

「滅相もございませぬ。決してそのようなことは……」

「どうだい、喜左衛門と茂吉殺し、金座の支配として心当たり、何もねえのかい」

「はい……」

「ところで娘に婿を貰う話、順調に進んでいるのかい」

「えっ、はい……」

「ま、遠慮しねえで飲んでくんな」

「お、畏《おそ》れいります……」

久蔵は脈絡のない質問を次々と繰り出した。

後藤は戸惑いながらも、久蔵の真意を探ろうと密かに身構えた。

「素性、分かっているのかい」

「えっ……」

「柊右近だよ」

久蔵の眼から微笑みが消えた。後藤は、久蔵が自分を招いた理由に漸く気付いた。

「……柊右近、どんな奴なんだい」

「……子供の頃、二親に死なれて天涯孤独の身となり、剣術の師と共に諸国を巡って厳しい修行をしてきた。ですが、それを感じさせない笑顔の若者で……」

後藤は酒を飲んだ。盃の酒は、冷え切っていた。

「……それだけで、一人娘の婿になるのを許したのかい」

「……昔から泣く子には勝てぬと申します」

由里は右近に惚れ、一緒になりたいと父親に泣いて頼んだ。後藤は父親として、それを受け入れたのだ。

「金座の支配にしては、甘いんじゃあないのかな」

「……秋山さま、実は私、向島にも家がありましてね。世間にはまだ披露しておりませぬが、そこに三歳の男の子がいるのでございます」

後藤には側女《そばめ》がおり、娘の由里以外に三歳の男の子供がいるのだ。

「成る程、柊右近を娘の婿にしたところで、金座を受け継ぐのは向島の男の子かい」

「ええ……」

「流石は金座の支配、後藤庄三郎だぜ。抜かりはねえか……」

「さあ、それはどうですか、私は只の娘に甘い父親に過ぎませせぬ」

後藤は苦笑した。苦笑の底には、非情なしたたかさが秘められている。

一人娘の由里を政略の道具に使わず、好きな右近と一緒にさせる。それが唯一、父親らしい思いやりなのかも知れない。

由里が喜べば良い……。

金座の支配後藤庄三郎は、柊右近を由里の玩具程度にしか見ていないのだ。

玩具はいつか棄てられる。棄てる玩具の氏素性はどうだっていい……。

久蔵は、先祖代々金座を支配してきた後藤家の底知れぬ狡猾《こうかつ》さを笑った。

「まあ、いいさ……」

久蔵は酒を飲んだ。

「ところで後藤、新太って子供、知っているか」

「新太……いいえ、存じませんが」

「名前も聞いた事ないかい」

「はい……」

後藤にとって十五年前の一分金持ち出しも、留助と新太父子も虫けらほどの存在でしかないのだ。

「秋山さま、御用がそれだけなら、そろそろお暇《いとま》を……」

後藤は薄笑いを浮かべて腰を浮かした。

「後藤、他人への侮《あなど》りは命取りになるぜ」

「命取り……」

「ああ、わざわざ足を運ばせて済まなかったな。親分、送ってやんな……」

久蔵は隅田川を眺め、手酌で酒を飲んだ。

後藤は薄笑いを強張らせ、久蔵の背中を呆然と見詰めた。

「後藤さま……」

弥平次の呼びかけに後藤は我に返った。

「は、はい……」

「屋根船を用意してあります」

「親分、面倒だが、来る時と同じように警護を忘れずにな」

「心得ております」

「警護にございますか……」

後藤は堂々たる体軀に怯《おび》えを見せた。

「ああ、どうやら喜左衛門と茂吉の次に狙われているのは金座そのもの、つまり支配の後藤庄三郎らしいからな……」

久蔵は冷たく言い放った。


「如何でした……」

後藤を見送った弥平次が、手酌で酒を飲んでいた久蔵の処に戻ってきた。

「流石に金座の後藤庄三郎、一筋縄じゃあいかねえ野郎だぜ」

久蔵は弥平次に酒を勧めた。

「後藤さまは嫌いだそうです……」

弥平次は酒を飲みながら笑った。

「嫌いって誰が……」

「おまきです……」

『笹舟』の女将で弥平次の女房おまきは、後藤を嫌っていた。

「何故だい」

「さあ、訳は良く分かりませんが、とにかく性が合わない。虫が好かないと申しておりますよ」

「商売柄、大勢の男を見てきた女将だ。男が隠している本性、自然に見抜いたんだろう」

「では、秋山さまも……」

「ああ、出来るものなら一緒に酒を飲みたくねえ男だぜ。ところで親分、新太の調べはついたのかい」

「それなのですが、幸吉と雲海坊、新太を調べれば調べるほど、落ち込みましてね……」

「あの二人が落ち込んだ……」

「はい。自分たちの子供の頃を思い出したとか……」

「……成る程な」

久蔵はその昔、弥平次から幸吉と雲海坊の過去を聞いていた。二人にとって新太を追う事は、辛く悲しい己の過去を思い出す作業に他ならない。

世間には、幸吉や雲海坊、そして新太のような運の悪い生まれの子供は数多くいる。だが、その殆《ほとん》どの者が、運の悪さを嘆きながらも真っ当に働き、慎ましく暮らしているのだ。

「運の悪い生まれですか……」

「ああ、申し訳のねえ話よ」

「申し訳ない……」

弥平次は、詫びる久蔵に怪訝な眼を向けた。

「……親分、俺たち侍の殆どは、御先祖さまが命懸けで手に入れた家禄で食っている運の良いだけの穀潰《ごくつぶ》しよ」

「秋山さま……」

「そいつを忘れちゃあならねえ……」

一瞬、久蔵に淋しさが浮かんで消えた。

申《さる》の刻七つ時は、町奉行所の与力同心の帰宅時間だ。

翌日、久蔵は真っ直ぐ八丁堀岡崎町の組屋敷に戻った。そして、晩酌をせずに夕餉《ゆうげ》を済ませ、早々に自室に引き取った。

香織と与平お福夫婦は、そんな久蔵を怪訝に見送った。

「義兄上、お身体の具合、悪いのかしら……」

「いいえ、ご飯もお代わりされたし、そんなことはないと思いますよ」

囲炉裏《いろり》の傍で茶碗酒を啜っていた与平が、だらしなく笑った。

「旦那さま、恋煩《こいわずら》いかもしれねえ……」

「恋煩い……」

香織は驚いた。

「お嬢さま、旦那さまが女にもてない訳がねえ。儂だって若い頃は……」

「お前さん、寝惚《ねぼ》けたこと云ってないで、さっさと戸締り見て来るんですよ」

与平は慌てて茶碗酒を飲み干し、裏口から出て行った。

「お福……」

「お嬢さま、旦那さまはまだお役目中なんですよ。ですから晩酌もお控えになられている。きっとそうですよ」

「お嬢さま、お福、和馬さまがお見えだ。旦那さまにお取次ぎを……」

旅姿の和馬が与平の肩にすがり、草鞋《わらじ》ずれの足を引きずって入って来た。

「戻ったかい……」

「はい。酷い草鞋ずれをされて……」

「ふん、軟弱な野郎だ。香織、先ずは傷の手当てをして、飯を食わせてやりな」

「はい。では……」

「それから香織、酒を頼むぜ……」

久蔵は恋煩いではなかった。和馬の来るのを、酒を飲まずに待っていただけだった。香織は明るく返事をし、久蔵の部屋を出た。

鯵《あじ》の一夜干しで二杯の飯を食べた和馬は、猪口《ちょこ》に満たされた酒を美味そうに飲み干した。

「じゃあ、聞かせて貰おうか……」

「柊右近の本当の名は新太です」

「新太……」

「はい……」

新太と柊右近は同一人物だった。

やはりな……。

久蔵に驚きはなかった。

「それから、右近の剣の師は神道無念流の氷川総十郎と申す者でして……」

久蔵は和馬の報告を聞きながら、決着をつける時がきたのを知った。


妻恋稲荷裏の雑木林では、漂う朝靄《あさもや》が刃鳴りと共に斬り裂かれていた。

右近は心気を整え、刀に唸りをこめて斬り下ろした。刀は輝きも閃きも見せず、朝靄を鋭く斬り裂いた。

「新太……」

久蔵の声が、背後から静かに呼びかけてきた。

右近は突き上げる動揺を抑え、刀を静かに納めて振り返った。

朝靄を揺らして久蔵が現れた。

「秋山さん、私は……」

「柊右近だって云うのかい」

「……はい」

「新太、もう無駄なことは止すんだな……」

久蔵は何もかも調べあげている。おそらく牛久の光明寺を訪れて明海和尚と逢い、氷川の墓と右側にある柊を知り、真相の全てをつかんだのだろう。

明海和尚も殺しておくべきだった……。

右近は苦笑した。

「……金座の喜左衛門と茂吉は、新太と見破られるのを恐れて斬ったんだろう」

「棄てた過去を覚えている者は、邪魔なだけですから……」

「由里の婿として金座に入り込み、内側から食い荒らすつもりなのかい」

「出来ることなら……」

「死んだ親父の恨みを晴らす為か……」

「いいえ……」

「……だったらなんだい」

右近は子供のような笑顔を見せた。

「……七歳の時から氷川総十郎と二人、諸国を流離《さすら》って剣を磨いた。だが、そうして得たものは、扶持米と名声ではなく、屈辱とひもじさだけだった……」

「氷川総十郎の剣を認めてくれる者は、何処にもいなかったか……」

「ええ、何処までも続く真夏の一本道、荒れ狂う秋の北の海、叩きつけるような真冬の雨。そして、人々の珍しい獣でも見るかのような眼差しと嘲笑……いつしか着物も破れ、私たちは物乞い同様の姿になっていた。だが、氷川は望みを棄てなかった。馬鹿な望みを……」

「馬鹿な望み……」

「剣の使い手の武士として身を立てる。今時流行《はや》らない馬鹿な望みですよ」

「だったら何故、氷川総十郎の死を看取った。病の氷川と別れることは容易に出来た筈だ」

「……私は好きでした。氷川総十郎が人として好きでした。そして、その望みを馬鹿なものにしたのは金です。金が氷川総十郎の望みを馬鹿なものにしたのです」

「……それで金を恨み、造っている金座を狙って喜左衛門と茂吉を斬り、由里を騙《だま》したのかい」

「秋山さん、金は人の志を馬鹿な望みに変えてしまう。所詮、この世は薄汚い金が全てなのです。だから私は金座に入り込み、この手で操ろうと……」

「だがな新太、金座の支配後藤庄三郎は、お前の手に負える相手じゃあねえ。散々扱《こ》き使われた挙句、いつか必ず叩き潰される」

「秋山さん……」

「……どうだい、南町奉行所に自訴しねえか」

「自訴……」

「ああ、そいつが一番だ」

「そして、金座の端打職人の子の新太として磔獄門《はりつけごくもん》になりますか……」

「新太……」

「秋山さん、私は柊右近です。望みを叶《かな》える為には、手立てを選ばぬ柊右近なのです」

「どうあってもか……」

「……はい」

右近は微笑んだ。邪気のない微笑みだった。刹那、右近の刀が閃いた。

久蔵は咄嗟に躱《かわ》した。

右近は続けざまに鋭く斬り込んだ。刃鳴りが短く響き、閃きが次々と襲った。

久蔵は必死に躱した。

右近の邪気のない笑顔は、楽しげに虫をいたぶり殺す子供のものだった。そこには、罪の重さを恐れない残忍さが秘められていた。

こいつが本性だ……。

久蔵は刀を抜いて斬り結んだ。

刃の嚙み合う音が甲高く響き、火花が飛び散った。

右近に容赦はなく、その眼には狂気が満ち溢れていた。

幼い時から味わい続けた辛さと虚しさ、そして淋しさと哀しさが、右近の心を歪めて狂気に駆り立てていた。

凶剣……。

それは、屈辱と絶望にまみれた孤独な剣だった。

生きていて苦しむのは、右近自身なのだ。

久蔵は哀れんだ。

次の瞬間、右近は獣のように身を屈め、刀を突き出した。朝靄に濡れる刀身は、まるで獰猛《どうもう》な獣の牙《きば》だった。

神道無念流にはない構えだった。いや、刀の構えというより、獣が獲物に襲いかかる時の体勢なのだ。久蔵を見る右近の眼は、狂気に満ち溢れ嬉しげに笑っていた。

久蔵は戸惑い、思わず後退した。途端に背中に杉の木の幹を感じた。

同時に右近が刀を突き出し、地を蹴って飛んだ。

久蔵は素早く刀の峰を返し、横薙《よこな》ぎに一閃《いっせん》した。手応えがあった。だが、右近はそのまま飛び、久蔵の背後の杉の木を蹴って反転し、咆哮《ほうこう》をあげて頭上から襲った。

狂気の獣……。

久蔵は咄嗟に身を投げ出し、右近の攻撃を辛うじて躱した。着地した右近は、久蔵に立ち上がる隙を与えず、激しく斬り付けた。まるで、殴りつけるように何度も刀を斬りおろした。そこには、勝つ為には手立てを選ばない狂った獣がいるだけだった。

久蔵は刀を閃かせ、右近の激しい攻撃を辛うじて受け止めていた。

右近は嬉しげに笑いながら囁いた。

「死ね……」

刹那、右近の嬉しげな笑みが大きく歪んだ。

久蔵の脇差が、右近の腹に突き刺さっていた。

「秋山……」

久蔵の眼の前には、醜く歪んだ右近の顔があった。右近の歪んだ顔には、長年の疲れが溢れ出し、深い皺が幾つも刻まれていった。

久蔵は素早く立ち上がった。交代するかの如く、右近が刀を落として崩れた。

「秋山さま……」

弥平次と和馬が駆け寄って来た。

「大丈夫ですか」

「お怪我はございませんか」

弥平次と和馬は、久蔵の命令で物陰に潜み、一部始終を見届けていた。

「ああ、どうにかな……」

弥平次は素早く右近の傷を診た。

「どうだ……」

「すぐに手当てをすれば、きっと助かりますよ……」

「和馬、戸板だ」

「心得ました」

「待ってくれ……」

右近が必死に身を起こそうとしていた。

「親分、和馬……」

弥平次と和馬が、左右から右近を抱き起こした。

「右近、今なら助かる。急いで医者に行くんだ」

「もういい、このまま死なせてくれ……」

右近は微笑み、抱き起こしてくれている和馬の脇差を奪った。

「右近……」

和馬が慌てた。

血が噴きあがった。右近が和馬の脇差で、己の首筋の血脈を断ち切ったのだ。

弥平次は血を浴びながら傷口を押さえ、懸命に出血を止めようとした。

「親分……」

久蔵が首を横に振った。弥平次は頷き、右近を静かに横たえた。

右近は血に塗《まみ》れて絶命した。弥平次は手を合わせた。

「秋山さま、申し訳ありません……」

和馬は脇差を奪われた失態を詫びた。

「自分の始末、自分で付けたか……」

久蔵は懐紙を出し、右近の顔の血を拭った。血の拭いとられた右近の顔には、邪気のない微笑みが浮かんでいた。


久蔵は事の次第を公にした。

金座を支配する勘定奉行の跡部《あとべ》駿河守《するがのかみ》は、久蔵を屋敷に招いて詳しい事情を問い質《ただ》した。久蔵はありのままを報告した。金座の平役喜左衛門と端打職人の茂吉を殺したのは、金座の支配後藤庄三郎の娘の婿となる筈の男の仕業だと……。

日頃から後藤を快く思っていない跡部駿河守は、怒りと嘲笑を混じえた面持ちで久蔵の話を聞いた。

数日後、金座は厳しく粛清され、金改役後藤庄三郎は、支配不行届で隠居を命じられた。そして、甥《おい》が次代の後藤庄三郎の名と金改役を継いだ。

新太、人を二人も殺したお前にしてやれる事は、せいぜいここまでだ……。

伝八の操る屋根船は、『笹舟』帰りの久蔵を乗せて新大橋を潜り、三俣から日本橋川に向かっていた。

「秋山さま、梅の香りですぜ……」

梅の甘い香りが、岸辺から漂ってきていた。

「ああ、父っつぁん、もうじき初午《はつうま》だな……」

「この間、年が明けたと思ったら、あっという間に二月でさあ……」

梅の花弁が、香りを巻きつけて屋根船に飛来した。

白梅の花弁だった……。

第二話

遺恨

一

如月《きさらぎ》——二月。

梅見の季節である。風流人たちは、寒さの中を郊外の梅の名所に足を伸ばした。

戌《いぬ》の刻五つ時。吟味方与力秋山久蔵は、油問屋に押し込んで店の者を皆殺しにして金を奪った盗賊探索の打ち合わせを終え、南町奉行所を出た。

数寄屋橋《すきやばし》を渡った久蔵は、数寄屋河岸を抜けて銀座町四丁目の辻を左手に曲がり、屋敷への道を急いだ。久蔵は京橋を渡って竹河岸を進み、弾正橋《だんじょうばし》に向かった。

そして、弾正橋を渡るとそこは本八丁堀《ほんはっちょうぼり》であり、久蔵や神崎和馬を始めとした与力・同心たちの組屋敷があった。

弾正橋を渡る時、久蔵は自分を見詰める何者かの視線を感じた。

尾行者がいる……。

久蔵は、歩みを続けたまま背後を窺った。背後の暗闇に人影は見えなかった。

だが、何者かが尾行してきているのに間違いはない。おそらく尾行は、南町奉行所を出た時から始められている。そうだとしたら尾行者は、久蔵の身元や屋敷を知っての事なのだ。

知った上で尾行する意味は、襲撃する機会を狙っての行動……。

尾行は続いている。

久蔵は五官に緊張感を漲《みなぎ》らせ、歩みを変えずに八丁堀岡崎町の組屋敷に向かった。八丁堀沿いの道を進んだ久蔵は、本八丁堀二丁目の角を左に曲がった。南茅《みなみかや》場町《ばちょう》に抜けるその往来の左右には、与力・同心が暮らす御組屋敷が並び、久蔵の屋敷もあった。

静かに佇《たたず》む秋山屋敷が、往来の左手前方に見えた。

襲うなら今しかない……。

突然、久蔵は草履《ぞうり》の鼻緒の具合を見るようにしゃがみ込んだ。

襲ってこい……。

久蔵は襲撃を誘った。だが、襲って来る者はいなかった。そして、尾行者の気配は、久蔵の企てを見破ったかのように消えた。

久蔵は立ち上がり、初めて振り向いた。

夜の闇が見渡す限り続き、東にある江戸湊《えどみなと》の潮騒《しおさい》が微かに聞こえていた。

何者だ……。

久蔵は尾行者に思いを巡らせた。だが、町奉行所与力に恨みを抱く者は、当人の知らぬところにも掃いて棄てるほどいる。

無駄な事だ……。

久蔵は苦笑し、屋敷に向かった。


「見合い、私が見合いですか」

蛭子《えびす》市兵衛《いちべえ》は素っ頓狂な声をあげた。

「左様、どうだ市兵衛、相手は不忍池の傍に去年出来た料亭はる善の女将のおふみだ」

南町奉行所年番方《ねんばんがた》与力の幸田《こうだ》忠右衛門《ちゅうえもん》の持ち込んだ見合い話は、臨時廻り同心の蛭子市兵衛を驚かせるのに充分だった。

年番方与力とは、与力古参の者が務め、町奉行所全般の取締まりから金銭の管理、同心諸役の任免などが役目であった。

その年番方与力の幸田が、女房に逃げられて以来一人身の市兵衛に見合い話を持ち込んだのだ。

「おふみは三十路《みそじ》の年増だが評判の美形、相手に不足はあるまい。どうだ市兵衛……」

「どうだと申されても、幸田さま、相手のおふみなる女将、私で宜しいのですか」

「勿論だ、市兵衛。これはな、おふみ名指しの見合い話だ」

「名指し……」

「そうだ。まったく分からぬのは女心、あれ程の美形が、その方のような風采のあがらぬ中年男と一緒になりたいとは。儂に古女房がおらなければと思うと、もう残念無念の一語。そうは思わぬか市兵衛」

「はあ……」

市兵衛は、料亭『はる善』に行った事もなければ、女将のおふみに逢った事もない。

それなのに何故、おふみは私を名指ししたのだ……。

市兵衛に疑問が湧いた。

「そりゃあ市兵衛、おふみは町を見廻るその方を見かけての事だろう。ま、そのような事はどうでも良かろう。それより見合いだ、見合い。良いな、市兵衛」

市兵衛は納得出来ないままに頷いた。

「は、はあ……」

吟味方与力秋山久蔵は面白そうに笑った。

「笑い事じゃありませんよ。秋山さま……」

市兵衛は不服げに久蔵を睨んだ。

「すまねえ市兵衛、それにしても幸田の親父、たまには良い事をするじゃあねえか」

「他人事《ひとごと》だと思って、冗談じゃありませんよ」

市兵衛は、久蔵に相談したのを密かに悔やんだ。

「市兵衛、おふみはいつ何処でお前を見初めたってんだい」

「それが何とも……」

「だったらそいつを突き止める為にも、見合いをしてみるしかあるめえ」

久蔵の言う通りだ。

疑問を解く手立てはそれしかないのだ。

市兵衛は吐息を洩らし、幸田のもとに行って見合いの日時と場所を決めた。

不忍池は、別名忍が岡の上野山の麓《ふもと》にあり、池の中に小島を築いて弁財天《べんざいてん》を祀《まつ》った。そして周囲には池之端仲町《いけのはたなかちょう》、茅町《かやちょう》、仁王門前町《におうもんぜんちょう》などの町家が連なり、料亭や茶屋があった。

料亭『はる善』は、池之端仲町に不忍池を背にしてあった。

不忍池を望む『はる善』の庭には、紅白の梅の花が甘い香りを漂わせていた。

市兵衛は、幸田忠右衛門と共に女将のおふみが現れるのを待っていた。

どんな女だ……。

市兵衛は静かに待った。

「落ち着け、市兵衛……」

幸田が、茶碗の底に僅かに残っている茶を音を鳴らして啜った。

「はあ……」

幸田の方が、自分の見合いのように落ち着きを失っている。市兵衛は呆れた。

「お待たせ致しました……」

障子の外に人が来た気配がし、女の声がした。

「おお、女将か……」

幸田が慌てて居住まいを正した。市兵衛もつられて襟元を直した。

「失礼します……」

女将のおふみが、酒と料理を持った仲居を従えて入ってきた。

「幸田さま、いらっしゃいませ……」

「うむ。女将、蛭子市兵衛だ」

「蛭子市兵衛です」

「初めてお目にかかります。はる善の女将のおふみにございます」

市兵衛とおふみは挨拶を交わした。

初めて見る女だ……。

おふみは恥じらいの混じった笑みを向け、幸田と市兵衛の盃に酒を満たした。

「ささ、どうぞ……」

伽羅香《きゃらこう》の香りが、ほのかに漂った。

いい女だ……。

市兵衛は素直にそう思った。

岡っ引の柳橋の弥平次が、油問屋に押し込んだ凶賊を突き止めた。

閻魔《えんま》の吉五郎《きちごろう》、関八州を荒らし廻っている盗賊だった。

「閻魔の吉五郎、江戸じゃあ聞かない名前だな……」

和馬は怪訝に首を捻った。

「ええ、吉五郎は主に武州、相模《さがみ》、下総、上総《かずさ》などで盗っ人働きをしておりましてね、江戸での押し込みは、今度で二度目ぐらいでしょう」

「成る程、田舎盗賊らしく、皆殺しなんて無粋な真似をしやがる……」

和馬は悔しげに吐き棄てた。

「和馬、川越藩や小田原藩から閻魔の吉五郎の人相書、きていないか確かめてみな」

「心得ました」

和馬が素早く用部屋を出て行った。

「さあて、盗賊どもは、何処に潜んでいやがるのか……」

「親分、閻魔一味の行方や隠れ家も大事だが、頭《かしら》の吉五郎がどんな野郎かも忘れずにな……」

「はい、幸吉たちが手掛かりを集めています」

「そうか、ま、押し込み先の者を皆殺しにする非道な奴らだ。幸吉たちにくれぐれも気をつけろってな」

「はい……」

弥平次が帰った後、久蔵は書類を整理しながら日の暮れるのを待った。

あの夜以来、久蔵は日が暮れてから町奉行所を後にし、再び尾行者の現れるのを待っていた。だが、尾行者は現れてはいなかった。

久蔵は香織に尾行者の存在を告げ、屋敷に変わった事がなかったかを尋ねた。

変わった事は何もなかった。

「義兄上、一体何者でしょう……」

「さあな、とにかく香織、与平とお福には内緒で気をつけてくれ」

「は、はい。義兄上、何故、与平とお福には内緒なのでございますか」

「香織、与平とお福は、根が純で隠し事や芝居は無理だ。警戒心を丸出しにして大騒ぎするのに決まっている」

「はあ……」

久蔵の言う通り、与平とお福が知れば、心張棒《しんばりぼう》を持って門前に座り込みかねない。

「そうなりゃあ、尾行した野郎も容易に姿を見せず、埒《らち》が明かねえ」

久蔵は不敵に言い放った。

「分かりました。お屋敷はお任せ下さい」

香織は微笑みを浮かべた。

「流石は香織だ。頼りにしているぜ」

香織は久蔵の死んだ妻・雪乃《ゆきの》の妹であり、笠井藩江戸詰藩士北島兵部《きたじまひょうぶ》の娘だった。そして、非業《ひごう》の死を遂げた父の仇討ちに命を懸けた女だ。

多少の事にはうろたえず、油断もしねえだろう……。


不忍池の水面《みなも》は、月光を浴びて蒼白く輝いていた。

市兵衛は盃を伏せた。

「あら、もうお仕舞いですか……」

おふみが慌てて銚子を手にした。

「ええ、これ以上飲んだら八丁堀に帰れなくなります」

「市兵衛さま、宜しければお泊まりに……」

「いえいえ、見廻りの途中、急に立ち寄ってもう一刻《とき》半、いつなん時、町奉行所から呼び出しがかかるか分かりません。ご馳走になりました」

「そうですか……」

おふみが哀しげに眉を顰めた。

「また来ます。またこの界隈を見廻りに来た時、寄らせて貰います」

市兵衛は未練げに立ち上がった。

おふみはいつまでも見送っていた。

市兵衛は振り返り、見送るおふみに頭を下げた。その度におふみは、市兵衛に深々と頭を下げた。そんなおふみの姿が、木立の陰になって消えた。

市兵衛は吐息を洩らした。

「さあて、帰るか……」

市兵衛は踵《きびす》を返した。その時、不意に大店《おおだな》の旦那風の初老の男が現れた。

市兵衛は思わず立ち止まった。初老の男は、市兵衛をちらりと一瞥《いちべつ》して白髪混じりの頭を下げ、夜の道を足早に擦れ違っていった。

通い馴れた足取り……。

市兵衛には、初老の男の足取りがそう見えた。

夜の往来に人影はなく、久蔵はいつも通りの足取りで八丁堀の屋敷に向かった。

久蔵が京橋を渡って竹河岸に進んだ時、行く手にある小さな稲荷の闇が僅かに揺れた。

闇に唸りが小さく鳴った。

久蔵は咄嗟に身を伏せた。

短い唸りが、久蔵の着物の左肩を鋭く切り裂いて通り過ぎた。

黒い三枚羽の矢だ……。

何者かが久蔵を待ち伏せし、稲荷の陰から半弓《はんきゆう》の矢を放ったのだ。伏せるのが一瞬遅れたら、矢は確実に久蔵の身体を貫いていた。

次の瞬間、久蔵は地を蹴った。

黒い影は半弓を抱え、本材木町八丁目楓川《もみじがわ》の角に逃げ込んだ。その道を真っ直ぐ進むと日本橋川に架かる江戸橋に行き、弾正橋を渡ると八丁堀になる。

久蔵は猛然と追い、八丁目の角を曲がった。弾正橋に人影はなく、江戸橋に続く楓川沿いの道に黒い人影が見えた。

久蔵は戸惑った。

黒い人影は、逃げ去っていくのではなく、ゆっくりと近付いてくるのだった。

久蔵は人影に向かい、暗がりを走った。人影は驚いたように立ち止まり、十手を構えて厳しく叫んだ。

「何者だ。俺は南町の同心だ」

蛭子市兵衛の声だった。

「市兵衛か……」

久蔵は素早く辺りを誰何《すいか》した。弾正橋の下の暗がりに船影が揺れた。猪牙舟《ちよきぶね》の船尾が、八丁堀に消えていった。猪牙舟には、おそらく弓を射た襲撃者が乗っている。

逃げられた……。

久蔵は悔やんだ。

「……秋山さま」

市兵衛が呆気《あつけ》に取られた面持ちで、久蔵に近付いた。

「如何されました」

「ちょいと襲われてな」

市兵衛は慌てて辺りの闇を窺った。

「心配するな、どうやら逃げられたようだ」

「そうですか……」

「ところで市兵衛、今頃、何をしてんだい」

「えっ、ええ。実は不忍池の帰りでして……」

「不忍池……」

「はる善です……」

「って事は、見合いは上首尾だった訳だ」

「いえ、上首尾かどうかは、まだこれからでして。それより秋山さま、何者が何故、秋山さまを襲ったのですか……」

「そいつも、まだこれからだぜ……」


おふみが居間に戻った時、若い浪人が一人酒を飲んでいた。

「来ていたのですか……」

「小田原の旦那、来ているのですか」

「ええ。それより隼人《はやと》、企ては……」

隼人と呼ばれた若い浪人は、おふみの弟だった。

「今夜、決行しましたが、失敗しました」

「そうですか……」

「姉上の方は如何ですか……」

「間もなく手に落ちる筈です。隼人も焦ってはなりません」

「小田原の旦那に蛭子市兵衛、姉上も忙しいものだ……」

隼人の眼差しには、皮肉が込められていた。

「隼人、私は父上の恨みを晴らす為には、たとえどう罵《ののし》られようが、手立ては選びませぬ」

おふみは、隼人の皮肉な眼差しを懸命にはね返した。

「流石は姉上、いい覚悟です」

隼人は皮肉に笑い、おふみの居間から出て行った。

「隼人……」

おふみは哀しげに呟《つぶや》き、疲れ果てたように項垂《うなだ》れた。涙が静かにこみあげ、零《こぼ》れた。

仲居が障子の外から声をかけてきた。

「女将さん……」

「なんですか……」

「小田原の旦那さまが、お風呂からおあがりになられました」

「分かりました。すぐに行きます……」

仲居は返事をし、足音を忍ばせて立ち去って行った。

おふみは涙を拭い、寝化粧を始めた。


閻魔の吉五郎の顔は若々しく、目付きが多少鋭いぐらいでしかない。

「随分、古い人相書だな……」

久蔵は黄ばんだ人相書に眉をひそめた。

「はい。二十年ほど前のものですが、南北両町奉行所になかったので、勘定奉行所の知り合いに頼んで手に入れました」

閻魔の吉五郎は、俗に〃関八州〃と呼ばれる武蔵、相模、上野《こうずけ》、下野《しもつけ》、常陸、上総、下総、安房《あわ》を荒らし廻り、江戸で盗賊働きはしていなかった。関八州には天領地が多く、管轄支配は勘定奉行であった。

和馬が手に入れた人相書は二十年前のものであり、顔も変わっているはずで余り役に立ちそうになかった。

「和馬、絵師に頼んで、こいつの二十年後の顔を想像して描いて貰いな」

「成る程、心得ました」

和馬は古い人相書を手に出て行った。

「秋山さま……」

例繰方《れいくりかた》同心の横山左兵衛《よこやまさへえ》が、擦れ違うように御用部屋にやって来た。

「おお、あったかい……」

久蔵は、十年前に起きた浪人たちの取り籠もり事件の口書《くちがき》を持ってくるように、横山に命じていた。

例繰方とは、罪囚の犯罪情況、仕置例などを集めて記録して御仕置裁許帳《さいきよちよう》となし、他日の参考にする役目である。

「それが、どこを探しても……」

「ないのかい……」

「はい。最近、見かけたのですが……もう少し探して見ます」

「いや、もういい。御苦労だったな」

横山は恐縮し、早々に御用部屋を出て行った。

「市兵衛の野郎、油断も隙もねえやな……」

久蔵は市兵衛が密かに動き出し、逸《いち》早く十年前の事件に辿り着いたのを知った。

二

襲撃者は、久蔵が過去に扱った事件関係者の中にいる。

市兵衛は例繰方が保管している口書を調べ、襲撃者と関わりのある事件の割り出しを急いだ。だが、それは久蔵に命じられたものではなく、市兵衛が勝手に始めた事であった。

久蔵は襲撃された事実を公表せず、己の手で解決しようとしていた。

両国薬研堀《やげんぼり》埋立地には、居酒屋が軒を連ねていた。狭い道を来た弥平次が、その中の一軒に入った。

店内は雑多な客で賑わい、衝立《ついたて》で仕切られた入れ込みに羽織を脱いだ市兵衛がいた。

「こいつは、お待たせ致しました」

弥平次は市兵衛の前に座った。

「急に呼び出して済まないな……」

「いえ、それより蛭子の旦那、笹舟じゃあ何か拙い事でも……」

薬研堀と船宿『笹舟』のある柳橋は、両国広小路を挟んで遠くはない。

「うん。実はな親分……」

市兵衛は、久蔵が何者かに襲撃された顚末《てんまつ》を伝えた。

弥平次は驚いた。

「秋山さまが……」

「ああ、で、秋山さまはそいつをご自分一人で始末しようとしている……」

市兵衛は自分が調べ始めたのを久蔵に知られるのを恐れ、弥平次を密かに居酒屋に呼び出した。

「お一人で……」

「うん。面倒な調べはせず、襲ってきたところを捕まえるつもりだ」

「蛭子の旦那、そいつは放っては置けません。あっしにもお手伝いさせて下さい」

「勿論、そのつもりで来て貰った。それで親分、秋山さまが今までに扱った事件を洗ったんだが、十年前、浪人たちが悪辣《あくらつ》な金貸しを勾《かど》かし、無理矢理身売りさせられた女房や娘を身請けしろと迫った事件があったのを覚えているか……」

「ええ、確か追い詰められた浪人どもが、金貸しを人質にして浅草今戸の荒れ寺に取り籠もった件ですね」

「私も捕物出役に出たが、何しろ相手は死を覚悟した浪人どもだ。最後には検使役の秋山さまも鉄鞭《かなむち》を振るわれた……」

「蛭子の旦那、確かその時の浪人どもに弓矢を使う奴がおりましたね」

「ああ、何人もの同心や捕り方が、矢傷を負って手を焼いたが、秋山さまが飛び込んで鉄鞭の一撃で倒した」

「秋山さまも弓矢で……」

「うん。その時の浪人と関わりがあるかも知れない……」

「旦那、あの時の浪人は……」

「本間《ほんま》平三郎《へいざぶろう》、仕置をされる前に、秋山さまの鉄鞭の傷がもとで伝馬町《てんまちよう》の牢屋敷で死んだ」

「じゃあ、本間平三郎と関わりのある者が、そいつを恨んで……」

「かも知れない……」

「で、本間平三郎と関わりのある者は今、何処に……」

「それなんだが、あの時既に女房を病で失い、娘と倅がいたんだが、父親が獄死した直後、小田原の親類に引き取られていてな。その後どうなったかは分からない」

「成る程、小田原ですか……」

「うん。頼めるか」

「勿論です。手の者を走らせましょう」

「閻魔の吉五郎探索で忙しい時に申し訳ないが、私が行けば、嫌でも秋山さまの眼に留まる。これが小田原の親類だ。宜しく頼む」

市兵衛は弥平次に書付を差し出し、頭を下げた。

「心得ました。お任せを……」

弥平次は書付を仕舞い、市兵衛の猪口に酒を満たした。

「それで旦那、不忍池の女将さんとの話、どうなりました」

「知っているのか、親分」

「そりゃあもう、幸田さまが悔しそうに言い触らしておりますので……」

「幸田さまか……」

市兵衛は苦笑し、弥平次の猪口に酒を満たして己の猪口を空けた。

呉服屋『和泉屋』の手代が、血塗《ちまみ》れになって神田佐久間町《さくまちよう》の自身番に転がり込んできた。

盗賊閻魔の吉五郎一味が、町奉行所の警戒網をかい潜って『和泉屋』に押し込んだのだ。

手代は斬られながらも必死に逃れ、自身番に報せに来た。

自身番に居合わせた南町奉行所定町廻り同心大沢欽之助《おおさわきんのすけ》が、岡っ引たち配下を従えて猛然と飛び出した。

大沢たちが『和泉屋』に駆けつけた時、盗賊どもは下谷方面に続く辻を曲がって消えた。大沢は岡っ引に『和泉屋』を任せ、盗賊どもを追跡した。

盗賊どもは路地伝いに逃げ、大沢たちの追跡は続いた。呼子笛の音が、凍《い》てつく二月の夜空に甲高く響き、交錯した。

大沢たちは盗賊を追って路地を出た。だが、そこに盗賊どもの姿はなく、下谷広小路と不忍池の暗がりが広がっているだけだった。

「おのれ、何処だ。何処に行った。探せ、探せ」

大沢の怒声が夜空にあがり、配下の者たちが探索に散った。

逃げられたのか……。

大沢欽之助は焦った。

盗賊閻魔の吉五郎一味は、呉服屋『和泉屋』に押し込んで主夫婦を殺し五人の奉公人に重傷を負わせ、五百五十両の金を奪った。そして、大沢たちの懸命の追跡を振り切り、下谷でその行方を絶った。

「逃げられたか……」

「はい。申し訳ございません……」

大沢は久蔵に詫びた。

「大沢、詫びるんなら、俺じゃあなくて殺された者たちに詫びるんだな」

「はい……」

「それで大沢、閻魔の一味、下谷の広小路で見失ったのか……」

筆頭同心の稲垣源十郎《いながきげんじゆうろう》が、咎《とが》めるように尋ねた。

「はい。おそらく広小路で散ったものと思われます」

「では、既に下谷から根津《ねづ》、谷中《やなか》、千駄木《せんだぎ》一帯に網は張ったのだな」

稲垣は厳しく問い質した。

「はい……」

大沢は、久蔵と稲垣を前にして微かに緊張していた。

「出来ました、秋山さま」

和馬が勢い込んで現れ、描き直した人相書を差し出した。

人相書きには、目付きの鋭い初老の男の顔が描かれていた。

「絵師によれば、おそらくこのような感じになっているだろうと……」

「うむ。大沢、和泉屋の生き残った者たちに見て貰え」

「心得ました」

久蔵の指示が下り、大沢が人相書を手にして立ち上がった。

「私も行きます」

和馬が続いた。

『和泉屋』の生き残った者たちは、描き直した人相書の初老の男を盗賊の頭だと証言した。

閻魔の吉五郎の顔が漸く判明した。

大沢と和馬たちは、描き直した人相書を手にして下谷一帯に張った網を絞り始めた。

市兵衛は慌てて身仕度を整えた。

百石以下の御家人の組屋敷は、敷地二百坪前後であり、家は八畳間と六畳間が二部屋ずつ、他に台所と物置がある。

身仕度を整えた市兵衛は、玄関の付いている表向きの八畳間に急いだ。八畳間にはおふみがいた。

「お待たせして申し訳ない。今、すぐお茶を淹《い》れます」

「市兵衛さま、申し訳ないのは突然訪れた私の方にございます。宜しければ、海を眺めに参りませんか……」

「海……」

「ええ、海です……」

おふみは子供のような笑顔を見せた。

市兵衛とおふみは、北島町の組屋敷を出て亀島川沿いの通りを海に向かって進んだ。

二人は、言葉も交わさずに八丁堀に架かる稲荷橋を渡った。そこに鉄砲洲《てっぽうず》波除《なみよけ》稲荷《いなり》があり、青い江戸湊が広がっていた。

日差しを浴びた江戸湊は光り輝き、白帆を下ろした千石船が浮かび、荷物を運ぶ艀《はしけ》が忙しく行き交っていた。

市兵衛とおふみは、潮の香りと潮騒に包まれて境内に佇んだ。

おふみの後《おく》れ毛が、潮風に吹かれて僅かに揺れた。

「私はここから見る江戸湊が一番好きでしてね。いい眺めでしょう」

「はい。本当にいい眺め……」

おふみは眼を細め、広がる海を眺めた。

「毎日でも眺めていたい……」

呟くおふみの横顔には、叶《かな》わぬ願いへの哀しみが滲んだ。

美しい横顔だ……。

市兵衛は弾む心を抑え、海を眺めた。

「……おふみさん、今日はなにか」

市兵衛は海を眺めたまま尋ねた。

「は、はい……」

市兵衛は、おふみの返事に微かな脅えを感じ取った。

「何か困った事でもあるのですか」

「それが、店に時々いらっしゃるお客さまなのですが……」

脅えに困惑が混じった。

「因縁《いんねん》でもつけて暴れるのですか……」

「いいえ、そのような事はないのですが、この前、お見えになった時、お連れさまと呉服屋の和泉屋さんの事をいろいろとお話をされていて……」

「呉服屋の和泉屋って、盗賊に襲われた……」

市兵衛は思わぬ話に少なからず驚いた。

「はい。それで私、驚いて市兵衛さまにお報せしなければと……」

「おふみさん、その客、和泉屋のどのような事を話していたのですか」

「詳しくは存じませんが、家族と奉公人の人数などを話しておりました……」

盗賊……。

市兵衛の五官が緊張した。

「その客、どんな男です」

「はい。神田三河町《みかわちょう》の薬種問屋の旦那さまで、歳の頃は五十過ぎでしょうか……」

閻魔の吉五郎か……。

「名前は……」

「玉鳳堂庄五郎《ぎょくほうどうしょうごろう》と申されます」

「神田三河町の薬種問屋玉鳳堂庄五郎……」

「はい……」

おふみは頷いた。

薬種問屋玉鳳堂庄五郎が、盗賊閻魔の吉五郎なのかもしれない。

「おふみさん、よく報せてくれました。すぐ調べてみます」

「いいえ、市兵衛さまのお役に立てれば、私も嬉しゅうございます」

おふみは眼を輝かせて微笑んだ。


午《うま》の刻九つ時。

幸吉は東海道を小田原に急ぎ、日本橋から八里半の程《ほど》ヶ谷《や》の宿場を通り抜けた。

昨夜、幸吉は弥平次から久蔵襲撃の顚末を教えられ、小田原行きを命じられた。

江戸日本橋から小田原まで二十里二十丁。今朝、寅《とら》の刻七つ時、早立ちをした幸吉は、元町、権太坂《ごんたざか》を抜けて武蔵国から相模国に入った。小田原まで後十二里余、幸吉は先を急いだ。二月の冷たい風は、幸吉の身体の火照《ほて》りと疲れを癒した。

市兵衛は『はる善』に帰るおふみを下谷《したや》広小路まで送り、薬種問屋『玉鳳堂』がある神田三河町に急いだ。

神田橋御門の北東にある神田三河町は、家康の江戸入国に従って三河国から来た町人たちが住み着き、『三河町』と名付けられた。

市兵衛は三河町の町名主を訪れ、薬種問屋『玉鳳堂』の住所を尋ねた。

「薬種問屋玉鳳堂にございますか」

「うん。主の名は庄五郎だ……」

町名主の手代は町内の切り絵図を調べ、市兵衛に怪訝な眼差しを向けた。

「どうした……」

「はあ、それが蛭子さま、玉鳳堂という薬種問屋、三河町にはございません」

「なに……」

薬種問屋『玉鳳堂』は、神田三河町にはなかった。

「薬種問屋玉鳳堂庄五郎か……」

「ええ、三河町はもとより、神田一帯に玉鳳堂という薬種問屋はありませんでした」

「そして、庄五郎って野郎もいなかったかい」

「はい」

「閻魔の吉五郎に違えねえか……」

久蔵の眼が笑った。

「秋山さま……」

「定町廻り同心の良い女房になれそうだな」

久蔵は『はる善』のおふみに触れ、市兵衛をからかった。

「いえ、まだ、そのような……」

市兵衛はうろたえ、照れた。

「で、何かい、はる善に張り込んで、その玉鳳堂庄五郎が現れるのを待つか……」

「はい。そして、閻魔の吉五郎かどうか見定める……」

久蔵は、絵師が描き直した閻魔の吉五郎の人相書を出し、市兵衛に渡した。

「こいつが閻魔の吉五郎だ。若い頃の人相書を描き直した……」

鋭い眼差しの初老の男の顔が描かれていた。

何処かで見た顔……。

市兵衛は、記憶の中に初老の男の顔を捜した。

最近、逢った……。

記憶の隅に初老の男の顔が浮かんだ。

市兵衛は思い出した。

人相書に描かれた初老の男と、料亭『はる善』の帰りに不忍池の傍で擦れ違ったのを思い出した。

あの男が、閻魔の吉五郎……。

「見覚えのある顔かい……」

「ええ、秋山さまが曲者に襲われた夜、料亭はる善の傍で擦れ違いました」

「……いよいよ間違えねえようだな」

「はい……」

「よし、柳橋に報せて手配りしな」

「心得ました」

市兵衛は素早く御用部屋を出ていった。

意外なところから目鼻がついた……。

久蔵は探索を洗い直し、整理した。そして、一つの疑問に突き当たった。

閻魔の吉五郎は、どうして『はる善』で襲った『和泉屋』に関しての打ち合わせをしたのだ。

打ち合わせなら隠れ家ですれば良いのに、わざわざ『はる善』で行った理由が分からなかった。

料亭『はる善』に何かあるのか……。

久蔵は思いを巡らせた。

『はる善』の女将おふみ……。

久蔵の前に、おふみが大きく浮かび上がってきた。


「おふみの氏素性……」

年番方与力幸田忠右衛門は、久蔵に向かって眉を顰めた。

「ええ、知っていることを教えていただきたい」

「秋山殿、おふみが見初めたのは蛭子市兵衛、今更見合いを望んでも手遅れですぞ」

「幸田さん、こいつは御用の筋だ」

久蔵は苦笑した。

「御用の筋ですと……」

古いだけが取り得で小心者の幸田は、御用の筋と聞いて激しくうろたえた。

「左様……」

「あ、秋山殿、おふみが何か悪事を……」

「そいつを確かめる為に、氏素性を知りてえんですよ」

「そうか、おふみは相模の生まれで、武家の出だと聞いている」

「相模生まれの武家の出……」

「うむ。ま、武家と申しても浪人だろうがな。それで去年、江戸に出て来て料亭はる善を居抜きで買い取ったそうだ」

「江戸の請け人は誰です」

「さあ、そこまでは……」

幸田は首を捻った。

「そうですか……」

「秋山殿、仮におふみが悪事に手を染めていたとしても、儂ははる善の只の客。何の関わりもありませんぞ。良いですな」

幸田は懸命に念を押した。

「幸田さん、そいつは事の次第がはっきりしてからですな」

「あ、秋山殿……」

久蔵は幸田の不安げな声を無視し、年番方の用部屋を後にした。


市兵衛は弥平次と相談し、料亭『はる善』の周囲に托鉢坊主の雲海坊、夜鳴蕎麦屋の長八、鋳掛屋の寅吉、飴売りの直助たちを潜ませ、薬種問屋玉鳳堂庄五郎こと閻魔の吉五郎が現れるのを待った。その夜、『はる善』にはさまざまな客が訪れた。だが、客の中に吉五郎はいなかった。


「姉上……」

隼人は、緊張した面持ちでおふみの前に座った。

「どうしたの……」

帳簿から眼をあげたおふみは、隼人の緊張した顔に怪訝な眼を向けた。

「何者かがはる善を見張っている」

雲海坊たちの巧妙な張り込みは、隼人に見破られた。隼人の鋭さは、子供の時から他人の顔色を窺い、周囲に気をつかって生きてきた証《あかし》であり、哀しさでもあった。

「見張っている……」

「ええ……」

市兵衛だ……。

おふみは気が付いた。

「きっと町方でしょう……」

静かな声だった。

「では姉上……」

隼人は思わず声を潜めた。

「隼人、そろそろ身の廻りを始末し、私たち姉弟の望みを叶えましょう……」

おふみは静かに微笑んだ。凄絶さを含んだ美しい微笑みだった。

弓矢を射掛けられた夜以来、久蔵は襲撃も尾行もされなかった。

屋敷にも異変はなく、香織や与平お福夫婦の身にも不審な事は起きてはいない。

だからといって襲撃者が、久蔵の命を奪うのを諦めたとは思えなかった。

何らかの事情で襲撃を控えている……。

久蔵にはそう思えた。

控える事情とは何か……。

久蔵は思いを巡らせた。だが、答えが見つかる筈もなかった。

いずれにしろ襲撃は再開され、決着をつける時は必ず来る。

久蔵は、いつしか闘志を湧かせている己に気付いた。久蔵の闘志は、襲撃に対する警戒と緊張の裏側といえた。


程ヶ谷宿から六里半の処にある平塚宿に草鞋を脱いだ幸吉は、翌朝早立ちをして大磯を抜けて五里ほど進み、小田原に到着した。

江戸日本橋から二十里二十丁、小田原は十一万三千石大久保加賀守《おおくぼかがのかみ》の城下町であった。

幸吉は町奉行所を訪れ、市兵衛の添え状を差し出し、親類に引き取られた本間平三郎の子探しの協力を頼んだ。

三

雲海坊たちが、料亭『はる善』の監視を始めて三日目の夜、薬種問屋玉鳳堂庄五郎が現れた。

庄五郎の顔は、人相書に描かれた閻魔の吉五郎と瓜二つだった。

閻魔の吉五郎……。

久蔵と市兵衛の睨み通りだ。

吉五郎はおふみと仲居たちに迎えられ、『はる善』に入っていった。

雲海坊たちは監視を続けた。

吉五郎を尾行し、隠れ家と配下の盗賊たちを一網打尽にする。

それが、久蔵の狙いだった。

雲海坊、寅吉、長八、直助たちは、吉五郎尾行の綿密な打ち合わせをし、帰りを待った。


『はる善』の離れ座敷では、閻魔の吉五郎がおふみを相手に盃を重ねていた。

「それで旦那、今度はいつ、お勤めなんですか」

「十日後だよ」

「獲物は……」

「薬種問屋だ……」

「あら、ひょっとしたら玉鳳堂ですか……」

「ふん。ま、そんなところだ……」

吉五郎は苦笑し、床の間の壁を横に引いて開けた。壁の中には、船簞笥《ふなだんす》のような頑丈な造りの金箱があった。吉五郎は懐から鍵を出し、金箱の戸を開けた。中には、千両箱や切り餅が入っていた。

吉五郎は四つの切り餅百両を取り出して戸を閉め、金箱の鍵をかけて壁を元に戻した。

「お勤めの軍資金ですか……」

おふみは吉五郎の盃に酒を満たした。

「ああ……」

吉五郎は酒を飲み干し、おふみの肩を抱き寄せた。


一刻後、吉五郎はおふみと仲居たちに見送られて、『はる善』から出て来た。

「玉鳳堂の旦那さま、毎度御贔屓《ごひいき》、ありがとうございます」

おふみの声は、物陰に潜む雲海坊たちにも届いた。

「いえいえ、じゃあ女将、またな……」

雲海坊たちが緊張し、素早く尾行の態勢を取った。

閻魔の吉五郎は、下谷広小路に向かった。

雲海坊たちが尾行を開始した。

おふみは仲居たちが店に戻ってからも、夜の暗がりに去っていく吉五郎を見送った。

「見納めかな……」

隼人が佇んでいた。

おふみは隼人をちらりと一瞥し、去っていく吉五郎を見た。何の感慨もない、冷たい眼差しだった。

雲海坊と長八は、吉五郎の前後に位置して尾行を続けた。吉五郎は上野新黒門町から下谷御成街道《おなりかいどう》に出た。

下谷御成街道は、将軍家が上野寛永寺に参詣する時に使う道だ。

吉五郎は、御成街道を筋違御門に向かった。寅吉と直助が、吉五郎を横手に見ながら裏通りを小走りに進んだ。

「どうやらこのまま、筋違御門に行く気だぜ」

筋違御門は神田川に架かっている。

「舟かな……」

「そうかもしれねえ……」

「よし、じゃあ先廻りするぜ」

「ああ、頼む……」

寅吉の返事を聞いた直助が、裏通りから路地に走った。

吉五郎の前を歩いていた雲海坊は、御成街道を抜けると、神田花房町《はなぶさちょう》の裏通りに入った。吉五郎はそのまま進んで立ち止まり、油断なく辺りを見廻した。後ろから来た長八が追い抜き、神田川沿いの道を右に曲がり、昌平橋方面に行った。

吉五郎は周囲に人気のなくなったのを確かめ、筋違御門傍の船着場に走った。

船着場には屋根船が待っていた。

吉五郎は屋根船に乗り、素早く障子の内に姿を隠した。船頭は、屋根船を神田川の流れに乗せた。

現れた寅吉と雲海坊が、吉五郎の乗った屋根船の行方を見定め、岸辺伝いに猛然と走り出した。昌平橋の方から伝八の漕ぐ猪牙舟がゆっくりと現れた。伝八は船宿『笹舟』の船頭であり、その猪牙舟の舳先《へさき》には直助、長八が潜んでいた。

「頼むぞ、父っつぁん。見失うな……」

「心配するな、任せておけ」

伝八は長八に威勢良く返事をし、吉五郎の乗った屋根船を追った。

吉五郎の乗った屋根船は、和泉橋《いずみばし》を潜って新し橋に向かって進んだ。

このまま浅草御門、柳橋と進むと隅田川に出る。

「隅田川を下るか、遡るか……」

伝八は鼻歌のように呟いた。

寅吉と雲海坊の報せを受けた弥平次は、船頭の勇次に仕度させておいた屋根船に乗った。寅吉と雲海坊が続いた。

「勇次、両国橋の下に着けろ」

「合点承知」

若い勇次は、威勢良く屋根船を進めた。

「寅吉、雲海坊、吉五郎の乗った屋根船、見落とすな。勇次、舳先を新大橋に向けておけ」

「親分、新大橋なら吉五郎の隠れ家は本所深川ですかい……」

「雲海坊、それとも三俣から京橋、築地、鉄砲洲だ」

いずれにしろ弥平次は、吉五郎の隠れ家を両国橋の下流にあると睨んだ。

「親分……」

神田川を見張っていた寅吉が、切迫した声で弥平次を呼んだ。

神田川から出てきた屋根船が、大きく右に舳先を向けてきた。伝八の操る猪牙舟が、神田川から続いて現れた。

「伝八親方の猪牙です」

勇次が短く叫んだ。

「親分、前のが吉五郎の屋根に違いねえ」

「ああ、勇次、ちょいと前を行け」

「へい」

勇次は屋根船を素早く流れに乗せ、吉五郎の乗った屋根船の前に出た。

「親分たちだ」

「ああ……」

直助と長八が、勇次の漕ぐ屋根船に気が付いた。

吉五郎の乗った屋根船は、弥平次一家の二隻の船に監視されているのに気付かず、隅田川を下り続けた。

公儀の御船蔵《おふなぐら》脇を抜けて新大橋を潜り、吉五郎の乗った屋根船は左側に寄りながら進んだ。

「勇次、小名木川《おなぎがわ》に入るかも知れない。ちょいと下がりな」

「へい……」

勇次は船の速度を落とし、吉五郎の乗る屋根船の後ろに付いた。

小名木川の入口に近付いた。だが、吉五郎の乗った屋根船は、その前を通り過ぎた。

「勇次、伝八の猪牙に並べろ……」

返事をした勇次が、長八と直助の乗った伝八の猪牙舟に船縁《ふなべり》を寄せた。

「親分……」

「長八、直助、吉五郎の屋根はおそらく仙台堀だ。伝八、小名木川から仙台堀の亀久橋《かめひさばし》に先回り出来るかい」

「親分、やってみますぜ」

伝八は猪牙舟を素早く小名木川に乗り入れた。

「伝八っつぁん、腕の見せ所だぜ」

「ああ、任せておけ」

江戸で一、二を争う船頭の伝八は、足の速い猪牙舟を猛然と漕いだ。

吉五郎の乗った屋根船は、弥平次の睨み通りに仙台堀に入った。弥平次たちの屋根船が続いた。

仙台堀を行く吉五郎の屋根船は、尾行を警戒するようにゆっくりといく。

下手な追跡は出来ない……。

弥平次は少なからず焦り、決断した。

「よし、勇次、船着場につけろ」

「へい」

「親分……」

「寅吉、堀割じゃあ追跡が露見する恐れがある。俺と雲海坊は堀割沿いに追う。お前は充分に間をとって来てくれ」

「へい」

弥平次は雲海坊を従えて船を降り、堀割沿いに吉五郎の屋根船を追跡した。

伝八の猪牙舟は猛然と進み、小名木川の高橋《たかばし》を抜けて新高橋を潜り、交差する堀割に架かる扇橋《おうぎばし》を通った。そして、福永橋《ふくながばし》を潜って仙台堀に出た。

長八と直助は、隅田川に続く仙台堀に吉五郎の乗った屋根船を探した。

「どうだ……」

伝八は額の汗を拭った。

「見えねえ……」

長八が暗い仙台堀を見詰め、悔しげに云った。

「よし、伝八っつぁん、亀久橋に急いでくれ」

「合点だ」

伝八は猪牙舟を仙台堀に進めた。そして、行く手に屋根船が来るのが見えた。

「屋根船だ……」

長八の声に直助と伝八が緊張した。

「野郎の屋根船か……」

「まだ分からねえ……」

伝八は猪牙舟の速度を落とし、見定めようとした。

やって来た屋根船は、亀久橋の船着場に泊まり、閻魔の吉五郎が下りた。

「吉五郎だ……」

「流石は伝八っつぁんだ。岸に着けてくれ」

「任せておけ」

伝八は仙台堀の岸辺に着けた。長八と直助が素早く飛び移り、屋根船を下りて深川大和町《やまとちよう》の方に向かう吉五郎を追った。

「長八、直助……」

弥平次が雲海坊を従え、堀割沿いの道をやって来た。

「親分……」

弥平次と雲海坊は、長八や直助と合流して吉五郎を追った。

深川の地には、富《とみ》ヶ岡八幡宮《おかはちまんぐう》を始めとした様々な神社や寺がある。

その一角に法心寺という寺があり、門前に『葦《よし》の屋』という古い茶店があった。

大和町からやって来た吉五郎は、辺りに異常のないのを確かめ、『葦の屋』の潜り戸を小さく叩いた。

「どなたですかい……」

「俺だ……」

茶店『葦の屋』の潜り戸が開き、吉五郎が入り込んだ。同時に潜り戸が閉められた。

暗がりに潮騒が微かに響いた。

四人の男の黒い影が、茶店『葦の屋』の向かい側の暗がりに浮かんだ。弥平次と手先の雲海坊、長八、直助だった。

「……親分、どうにか突き止めましたね」

「ああ。皆、ご苦労だったな……」

弥平次は安堵する暇もなく、茶店『葦の屋』監視の手配りを考え、久蔵との打ち合わせを急いだ。

二月の冷たい夜風が、木置場に並ぶ材木の香りを含んで吹き抜けた。


夜更けの秋山屋敷に明かりが灯り、寝巻き姿の与平が飛び出していった。

「そうかい、閻魔の吉五郎の隠れ家、突き止めたかい」

「はい。深川の法心寺って門前にある茶店でして……」

「良くやってくれた。礼を云うぜ」

「いいえ。で、如何致しましょう……」

「茶店にいる人数、分かるかい」

「木戸番の話では、いつもは茶店の主夫婦だけだそうですが、主の甥やら親類の者が、良く来ているそうです」

「手下か……」

「きっと……今日も四、五人来ていたようだと……」

「よし、遠慮は無用だ。蛇の頭を叩き潰してやるぜ」

久蔵は手を叩いた。香織が現れ、熱い酒を満たした湯呑茶碗を差し出した。

「御苦労さまです。どうぞ、親分」

「いただきます」

弥平次は湯呑茶碗を手に取り、中味が酒だと知った。

「お嬢さま、これは……」

「親分、とりあえず温まってくれ」

「ありがとうございます」

弥平次が熱い酒を啜り、香織が引き取った時、与平が筆頭同心の稲垣源十郎を案内して来た。

「稲垣、夜分、すまねえな」

「火急の御用とは……」

寝込みを呼び出された稲垣が、不機嫌な顔を久蔵に向けた。

「柳橋が閻魔の吉五郎の隠れ家を突き止めた」

「本当か弥平次……」

「はい。深川の古い茶店に、頭の閻魔の吉五郎と配下の者たちが四、五人、潜んでいるものと……」

「相違あるまいな」

「はい……」

「ならば秋山さま、夜明け前に捕物出役をかけ、一挙にひっ捕らえましょう」

稲垣源十郎は、悪党に対する容赦は毛筋ほども持ち合わせてはいない。

「お奉行の許しはどうする」

「今更怯《ひる》む秋山さまでもございますまい。そいつは宜しくお願いします」

稲垣は試すような眼差しで冷たく笑った。

「いいだろう……」

久蔵は不敵な笑みを浮かべた。

寅《とら》の刻七つ。

深川法心寺門前は、暗く静かな眠りに落ち込んでいた。

茶店『葦の屋』の周囲は、夜明け前の闇に包まれていた。東の空の闇が、微かに薄れ始めた時、『葦の屋』の周りの闇を僅かに揺らして人影が現れた。南町奉行所筆頭同心稲垣源十郎だった。捕物出役装束に身を固めた稲垣は、蛭子市兵衛や神崎和馬を指揮して捕り方たちに『葦の屋』を手際よく包囲させた。

「見事なもんだぜ……」

捕物出役姿の久蔵は、検使役与力として出張っていた。

「稲垣の旦那の出役には、蟻の子一匹逃げ出す隙はありません」

隣にいた弥平次が囁いた。

「捕物出役を楽しんでいやがる……」

「その通りです……」

弥平次は密かに眉を顰めた。

稲垣は完璧に包囲し、閉じ込めた罪人をいたぶるように痛めつけて捕らえる残忍さがあった。

弥平次は、そうした稲垣の性格を余り快く思ってはいない。

「親分、確かに悪い癖だが、相手によりけり、時と場合だ」

久蔵は、そんな稲垣を配下として使いこなしていた。

和馬が裏手から現れ、稲垣に包囲網が整った事を報告した。同時に稲垣が進み出て、二尺余りの出役用長十手を作法通りに額に翳《かざ》して怒鳴った。

「南町奉行所である。盗賊閻魔の吉五郎と一味の者ども、最早逃げられぬと観念致し、神妙にお縄を受けろ」

茶店『葦の屋』の中から男たちの狼狽した声があがり、逃げ出そうとする物音が響いた。

「打ち込め」

稲垣の命令と同時に、和馬たち同心が『葦の屋』の大戸を叩き壊し、捕り方たちを率いて突入した。そして蛭子市兵衛たちが、裏手から雪崩《なだ》れ込んだ。

怒声と悲鳴があがり、乱闘が始まった。

「親分、閻魔の吉五郎だ……」

久蔵が『葦の屋』に踏み込んだ。弥平次が続いた。

盗賊たちは、三倍もの人数の役人の相手ではなかった。次々と打ちのめされ、乱暴に縄をかけられていった。

閻魔の吉五郎は、血刀を振り回して必死に血路を開き、狭い裏庭に逃げ出した。

「待て、吉五郎」

稲垣が追い縋《すが》り、長十手で激しく殴りかかった。長十手を受け止めた吉五郎の刀が、甲高い音を鳴らして折れ飛んだ。

稲垣が嬉しげに笑い、吉五郎に迫った。追い詰められた吉五郎が、折れた刀を稲垣に投げ付けた。折れた刀は、咄嗟に躱した稲垣の頬を掠《かす》めた。

「下郎《げろう》……」

稲垣は頬に流れる血を拭い、刃引きの刀を抜いて突きの構えをとった。生かして捕らえるのが役目の同心の刀は、捕物出役の時には刃を落とした刀を用いるのが決まりだ。だが、如何に刃引きの刀でも、人を突き殺す事は出来る。

稲垣はゆっくりと吉五郎に迫った。

「か、金をやる。だから助けてくれ。頼む、命だけは助けてくれ」

吉五郎が必死に哀願した。

「ふん、南町の稲垣を嘗《な》めるんじゃあねえ」

稲垣が残忍に笑った。

刃引きの刀の切っ先が、吉五郎の震える喉に突きつけられた。

「そこ迄だ、稲垣……」

稲垣が、我に返ったように刃引きの刀を止めた。

久蔵が弥平次を従えていた。

稲垣は不満げに久蔵を一瞥し、刃引きの刀を納めた。

刹那、矢が短い唸りをあげて飛来し、吉五郎の喉に突き刺さり、黒い矢羽根を震わせた。

弥平次と稲垣が、矢の飛来した屋根を見上げた。覆面をした侍が、屋根の上から二の矢を放った。久蔵が空き樽を翳し、吉五郎を庇った。二の矢は甲高い音を短く立て、空き樽に突き刺さった。

屋根の上の覆面の侍が、身を翻して逃げた。

「おのれ、何者……」

激昂した稲垣が、血相を変えて追った。

久蔵が素早く吉五郎の様子を診た。

「秋山さま……」

弥平次が駆け寄った。

久蔵が首を横に振った。

喉を射抜かれた吉五郎は、既に絶命していた。

「秋山さま、この矢は……」

弥平次が、吉五郎の喉に深々と突き刺さっている矢を示した。久蔵は矢を引き抜き、矢羽根を調べた。

羽根は三枚羽の黒《くろ》つ羽《ば》。

「ああ、俺を狙った矢と同じ黒つ羽……」

久蔵は矢をへし折った。


行燈《あんどん》に点された灯りは、料亭『はる善』の離れ座敷を淡く照らした。

おふみは床の間の壁を横に引いた。壁は音もなく開き、中には頑丈な金箱があった。おふみは懐から合鍵を取り出し、金箱の戸を開けた。多数の切り餅と小判があった。おふみは小判を手に取り、見詰めた。小判の美しい輝きは、おふみにとって辛い世間であり、恨みの元でしかなかった。

「姉上……」

廊下に隼人の声がした。

「お入りなさい……」

隼人が障子を開けて入って来た。

「どうなりました」

「閻魔の一味は捕らえられ、吉五郎は死にました……」

「そうですか……」

五年にわたる屈辱から漸く解き放たれた……。

おふみはそう思った。だが、大きな喜びは、意外にも湧きあがらなかった。

「残る願いは、只一つ……」

「隼人、漸くその願いを叶える時がきたのです」

おふみの恨みは、埋み火《うずび》の如く燃えあがった。


稲垣たち同心は、捕えた閻魔一味の盗賊たちの取り調べと、吉五郎殺害の下手人探索を急いだ。

久蔵は二つの疑問を抱いていた。

一つは、久蔵を襲った者が、自分を狙わずになぜ閻魔の吉五郎を射殺《いころ》したのか。

もう一つは、隠れ家の『葦の屋』には百両ばかりの小判があっただけで、今までに押し込みで奪った大金がなかった事だ。

何故だ……。

押し込みで奪った大金は、別の場所に隠してあるとしても、吉五郎を殺した理由が分からなかった。

事件の裏に潜むものがある……。

久蔵は、それが何か突き止めようとした。


下っ引の幸吉が、小田原から戻ってきた。

「御苦労だったね、幸吉」

市兵衛は幸吉をねぎらった。

「いいえ……」

「聞かせて貰おうか……」

「幸吉、お話ししろ」

弥平次に促され、幸吉が話をし始めた。

「……十年前に死んだ本間平三郎の二人の子供は、確かに小田原の親類に引き取られていました。ですが、奉公人のように冷たく扱われ、満足に飯も食べさせて貰えず、翌年には親類の家を飛び出していました……」

「飛び出した……」

「へい……」

幸吉は話を続けた。

親類の家を飛び出した二人の子供は、それぞれ仕事を見つけて働き始めた。そして数年が過ぎ、姉は料亭の仲居となり、弟は小田原藩剣術指南役家の足軽として奉公し、剣の手解《てほど》きを受けた。

「弟、弓の修行はしていなかったのかい……」

「その辺ははっきりしないのですが、主の剣術指南役と弓の指南役は親しく、弟は良く使いに行っていたそうです」

その時、見よう見真似で弓を学び、密かに修行したのかもしれない。

「蛭子の旦那、秋山さまのお命を狙ったのは、その弟じゃありませんかい……」

「おそらくな。それで幸吉、その姉と弟、今何処でどうしているんだい」

「そいつが、五年前に仲居をしていた姉に旦那が出来ましてね。小田原から姿を消したそうです」

「旦那……」

「ええ、何でも絹の買い付け商人だとか……」

「弟はどうした」

「やはり同じ頃、剣術指南役の屋敷から暇を取っていなくなったそうです」

「幸吉、その姉弟の名前は……」

「姉は本間ふみ、弟は隼人です」

　ふみと隼人……。

　市兵衛は念を押した。

「蛭子の旦那……」

「姉の本間ふみは、料亭はる善の女将のおふみ。そして弟の隼人が、おそらく秋山さまの命を狙い、吉五郎を殺した下手人だよ」

「ですが何故、吉五郎を……」

　弥平次は首を捻った。

「親分、私は不忍池に行く。この事を秋山さまにお報せしてくれ」

「旦那、危ない事はございませんか……」

「親分、私は見合いの相手として行くんだよ」

　市兵衛は淋しげに笑った。

「分かりました。どうぞ、お気をつけて……」

市兵衛は弥平次たちに見送られ、池之端にある料亭『はる善』に向かった。

「親分、構わなければ、あっしが……」

「うむ。蛭子の旦那だ。滅多な事はあるまいが、万一の時以外、手出しはするんじゃあないぞ」

「へい、心得ております」

幸吉は小田原帰りの疲れもみせず、市兵衛を追っていった。

弥平次は久蔵のもとに急いだ。


不忍池の水面は静まり、岸辺には梅の花が咲いていた。

おふみは市兵衛を笑顔で迎えた。

「悪いね。昼日中、突然訪れて……」

「いいえ、ささ、どうぞ……」

「どうだい、ちょいと歩いてみないかい」

「歩く……」

「うん……」

市兵衛は笑顔で誘った。哀しみの込められた笑顔だった。

市兵衛は何かに気がついた……。

おふみは僅かに狼狽した。

確かめなければならない……。

おふみは市兵衛の誘いに乗った。

不忍池の中の小島には弁財天が祀られ、季節に拘《かか》わらず参拝客が訪れていた。

「市兵衛さま、何かお話しでも……」

おふみは市兵衛を窺った。

「……おふみさん、薬種問屋玉鳳堂の旦那の庄五郎、閻魔の吉五郎って盗賊でした」

「やはり……」

「それで、今朝早く捕らえようとしたのですが、何者かに矢で射殺されましてね……」

「それは、大変ですね……」

「ですが、お蔭さまで一味の仕組みも、吉五郎を射殺した者が誰かも分かりました」

「分かった……」

おふみは戸惑った。

「ええ、吉五郎には女がいましてね。その女が、吉五郎との繋がりを消そうとしましてね」

鋭い衝撃が、おふみを突き上げた。

市兵衛は知っている……。

おふみは懸命に衝撃を抑えた。

「……おふみさん、その女は十年前に父親を亡くし、小田原の親類に引き取られたのだが、いろいろ辛い目にあったらしくて……」

黒い鵜《う》が一羽、飛来して不忍池の水面を揺らした。

おふみの衝撃は不安に変わった。

「……盗賊の吉五郎の女になった……」

数羽の黒い鵜が飛来した。

「きっと悩み苦しみ、哀しんだ挙句に決めた事なんだと思います。そして、小田原から姿を消した。足軽奉公をしていた弟と一緒……」

黒い鵜が次々と不忍池に飛来し、おふみの不安は広がった。

「おふみさん、僅かな時でも夢を見せて貰えた。礼を云います」

「市兵衛さま……」

「あなたのような料亭の女将が、女房に逃げられた貧乏同心と見合いをしようなんて、誰が見たって不思議な話です」

おふみの不安は広がり続け、心の臓が早鐘のように鳴った。

「……では」

「夢を見せて貰った礼の印に閻魔の吉五郎始末に利用された事、今は忘れましょう」

不忍池の水面は、数え切れないほどの黒い鵜に覆われていた。同時に、おふみの不安も満ち溢れた。

「ですからもう、秋山さまを殺して恨みを晴らそうなんて思わず、弟を連れて早々に江戸から立ち退き、昔の事を何もかも忘れ、生まれ変わって暮らすのです」

「市兵衛さま……」

「おふみさん、今の私は見合いの相手ですが、次に逢う時は南町奉行所の臨時廻り同心でしかありません。じゃあ……」

市兵衛は踵を返した。

途端に無数の黒い鵜が、羽音を大きく鳴らして一斉に飛び立ち、市兵衛とおふみの間を遮った。

おふみは見送った。群れをなして飛び立つ黒い鵜。その向こうに去っていく市兵衛を見送るしかなかった。

おふみと隼人は、閻魔の吉五郎を利用して辛く忌まわしい境遇から抜け出し、父親の恨みを晴らす手立てをつけた。そして、今度は市兵衛たちを利用して邪魔になった吉五郎を始末した。

「中々やるじゃあねえか……」

久蔵は笑った。

「秋山さま、蛭子の旦那、どうするおつもりなんでしょう」

「根の優しい市兵衛だ。逃がしてやりてえと思っているさ」

「そんな真似をしたら、蛭子の旦那、厳しいお咎めを……」

「心配するな親分、おふみはそこまで市兵衛に甘えやしねえさ」

「じゃあ……」

「ああ、何としてでも俺を殺し、父親の恨みを晴らす。そうしなきゃあ、今まで生きてきた甲斐《かい》がなくなるってもんだ」

「今夜から警護を……」

「親分、そいつは無用だ」

「秋山さま……」

「受けて立つのが、せめてもの功徳《くどく》ってもんだぜ」

久蔵の顔には笑みも侮りもなく、微かな哀しみが滲んでいた。


隼人は、半弓と黒つ羽の矢を用意した。

「どうしてもやりますか……」

「姉上、もう後には退けません」

「でも、きっと役人たちが……」

「最早、やってもやらなくても同じ。吉五郎殺しで磔獄門です」

隼人には迷いや躊躇《ためら》いは勿論、気負いもなかった。静かな落ち着いた様子で、半弓と矢の手入れを続けた。

隼人をこう育てたのは私だ……。

おふみの心に後悔が湧いた。初めて感じる後悔だった。

亥《い》の刻四つ。久蔵は南町奉行所を出た。そして、京橋を渡って竹河岸にきた時、行く手にある小さな稲荷堂の陰から人影が現れた。

久蔵は足を止め、人影を見据えた。

人影は久蔵の正面に静かに立った。

本間隼人……。

久蔵は逃げもせず、隼人と向かい合った。

秋山久蔵……。

隼人は半弓に黒つ羽の矢をつがえ、久蔵に向かってゆっくりと引き絞った。

久蔵は刀の柄《つか》を握り、居合いに構えた。

緊張が漲った。

隼人は半弓を引き絞り続けた。矢の黒つ羽が微かに震え、止まった。刹那、隼人は矢を放った。

矢は三枚の黒つ羽を回転させ、漲る緊張を鋭く切り裂きながら久蔵に向かって飛んだ。

久蔵は飛来する矢を見詰め、腰を僅かに沈めた。

黒つ羽の唸りが大きく迫った。

久蔵の刀が閃いた。

矢は二つに斬られて飛んだ。

久蔵は二の矢に備え、素早く身構えようとした。刹那、二の矢が黒つ羽を唸らせて迫り、胸に突き刺さった。

久蔵は激しい衝撃に片膝を突き、倒れそうになるのを懸命に堪《こら》えた。

隼人に隙はなかった。一の矢に続き、二の矢を瞬時に放ったのだ。

久蔵には矢を斬り落とす間もなければ、躱す暇もなかった。二の矢は久蔵の胸に深々と突き刺さった。

隼人は半弓を棄て、刀を抜き払って猛然と止めを刺しに走った。

久蔵は胸に矢を突き立てたまま、懸命に立ち上がった。

何故だ。何故、立つ……。

走り寄る隼人に戸惑いが湧いた。だが、既に後戻りは出来ない。隼人は己を棄て、激しく斬りかかった。

久蔵は横薙ぎに切り払った。

刃の噛み合う音が甲高く響き、隼人の刀が夜空に弾き飛ばされた。

隼人はたたらを踏んで止まり、呆然と振り返った。

久蔵は胸に突き立った矢を引き抜き、着物の下から矢傷のついた樽板を取り出し、投げ棄てた。

「秋山……」

「狙った的は外さない。本間隼人の腕を信用して良かったぜ」

久蔵は小さく笑った。

次の瞬間、隼人は脇差を抜き、己の腹に突き刺した。

「隼人……」

久蔵が駆け寄った。

隼人は腹から血を流し、その場に崩れ落ちた。同時に市兵衛と和馬、そして弥平次が龕燈《がんどう》を持った雲海坊、寅吉、長八、直助を従え、周囲の路地や物陰から現れ、駆け寄って来た。市兵衛と弥平次たちは、久蔵に黙って密かに警護していたのだ。

「しっかりしろ隼人……」

久蔵は隼人を抱き起こした。

「あ、秋山……」

弓を封じられた隼人に勝機はなかった。隼人は己の始末を己でつけたのだ。

「父親に劣らねえ見事な腕だったぜ……」

隼人は嬉しげに笑った。邪気のない子供のような笑顔だった。

「姉上……」

隼人は微かに呟き、静かに絶命していった。

潮騒と潮の香りが、地を這うように江戸湊から漂ってきた。

「秋山さま……」

「市兵衛、こんな処にいていいのかい……」

「は、はい……」

「親分……」

幸吉が駆け寄ってきた。

「どうした……」

「へい。はる善の女将が自害しました」

「自害……」

市兵衛が呟いた。呟きに驚きはなく、覚悟のほどが窺われた。

「幸吉、間違いないのか……」

弥平次は念を押した。

「へい。間違いありません」

「蛭子の旦那……」

弥平次が心配げに市兵衛を窺った。

「市兵衛、早く行って死骸を検《あらた》め、懇《ねんご》ろに葬ってやるんだな」

久蔵が立ち上がった。

「ですが……」

「理由はどうあれ、おふみは仮にも見合いをした相手。お前の生涯に多少なりとも縁を持った女だ。それに、利用されたのなら、最後の最後まで利用されてやってもいいじゃあねえか……」

「はい、では……」

市兵衛は身を翻した。

「秋山さま、私も……」

「ああ、宜しく頼むぜ、親分」

「心得ました。雲海坊……」

弥平次は市兵衛を追った。雲海坊が龕燈で行く手を照らして続いた。

「和馬、隼人を弔《とむら》ってやんな」

「はっ」

久蔵は歩き出した。弾正橋を渡って八丁堀岡崎町の屋敷に向かった。

おふみと隼人の姉弟は、それぞれ我が手で己の命の始末をした。

遺恨……。

久蔵の心に云いようのない怒りが湧いた。

人は何故、過去に囚われる……。

久蔵の怒りは、やがて哀しさに変わり、虚しさとなった。

屋根船が舳先の船行燈を揺らし、江戸湊から八丁堀を遡ってきた。船行燈の灯りは、水面を淡く照らし、揺れて散った。

第三話

埋《うず》み火《び》

一

弥生《やよい》――三月。

雛祭りが終わると、〃桜月〃と呼ばれる桜の季節になる。上野、隅田堤《すみだづつみ》、御殿山《ごてんやま》などの桜の名所は、花見の客で賑わう。

神田川に架かる牛込御門《うしごめごもん》を渡ると、幅広い階段状の神楽坂《かぐらざか》になる。神楽坂の名の謂われは、穴八幡《あなはちまん》神社の祭礼時に神楽を催したからだとされる。

神田川沿いの往来には様々な店が連なり、神楽坂には荷揚場があった。その荷揚場に女の死体があがった。

報せを受けた南町奉行所定町廻り同心の神崎和馬は、数寄屋橋の南町奉行所から日本橋に抜け、北西に進んで神田川沿いに神楽坂に向かおうとした。

「和馬の旦那……」

和馬が神田川筋違御門前の八つ小路に来た時、下っ引の幸吉の声がかかった。

「おう、幸吉か……」

下っ引の幸吉が、筋違御門の隣にある昌平橋の橋詰から駆け寄ってきた。

「神楽坂なら伝八の父っつぁんの猪牙でお供しますよ」

幸吉は昌平橋の傍にある船着場を示した。

「流石は幸吉、助かったぜ」

「なあに、親分の指図ですよ」

「云われなくても分かっているさ」

和馬と幸吉は、軽口を叩き合いながら船着場に降りた。

伝八の漕ぐ猪牙舟は、和馬と幸吉を乗せて神田川を牛込御門に急いだ。

「で、幸吉、荷揚場にあがった仏、女だそうだな」

「ええ、牛込御門の先の船河原町にある袋物屋のお内儀《かみ》だそうですぜ」

「袋物屋のお内儀なあ……」

袋物とは、出かける時に持ち歩く物で、懐に納める〝懐中物〟と、帯に下げる〝提げ物〟があった。

提げ物は男物が多く、煙草《たばこ》入れ、銭や薬を入れる巾着《きんちゃく》、小銭などを早く出せる早道《はやみち》などがあり、懐中物は紙入れや守り袋などがあった。江戸の人々にとり、袋物は実用品であると共に金唐革《きんからかわ》、羅紗《らしゃ》、更紗《さらさ》などを縫い合わせ、金、銀、象牙《ぞうげ》などの金具や根付《ねつけ》をつけ、個性と粋を表現する物でもあった。

「神楽坂は武家の屋敷が多いからな……」

奢侈《しゃし》禁止の武家も煙草入れや紙入れなどに凝《こ》り、袋物屋にさまざまな注文をして造った。

伝八の操る猪牙舟は、水道橋、小石川御門を潜り、神楽坂下の荷揚場に着いた。

荷揚場では、既に袋物屋のお内儀の死体は片付けられ、普段通りの荷揚荷積がされていた。

和馬と幸吉は、猪牙舟から船着場に降り立った。

「神崎の旦那、幸吉の兄い……」

待っていた若い男が、和馬と幸吉に駆け寄った。一帯を縄張りにする岡っ引の牛込の房吉《ふさきち》のもとで、下っ引を務める松助《まつすけ》だった。

「おう、松助、ご苦労だな」

「へい」

「松助、仏は何処だい」

「房吉親分が検めて丸菱《まるびし》に運びました。ご案内します」

『丸菱』というのが袋物屋の屋号だった。

松助は牛込御門の前を通り、神田川沿いに船河原町に向かった。和馬と幸吉が続いた。

神田川を吹き抜ける風が、長閑《のどか》な春の香りを運んでいた。

袋物屋『丸菱』は、大戸を降ろして静まり返っていた。

「中々の構えだな……」

「へい。親分の話じゃあ、かなり繁盛しているそうです」

和馬と幸吉は、松助が開けた潜り戸から『丸菱』に入った。『丸菱』の屋内は、お内儀の死体が発見されて暗く冷え切っていた。

「神崎の旦那、御苦労さまです……」

岡っ引の牛込の房吉が、日焼けした顔を微かにほころばせ、死体を安置した座敷から小柄な身体を現した。

「仏を拝ませて貰おうか……」

「どうぞ……」

房吉は死体の傍に和馬を案内した。幸吉が続いた。和馬は線香をあげて手を合わせ、仏の顔を覗いた。

『丸菱』のお内儀の顔は、青黒くむくみながらも生前の色気を僅かに留めていた。

「名前は……」

「お艶《えん》、年は三十歳……」

「死因は……」

「頭を殴られて……」

房吉はそっとお艶の頭を見せた。後頭部に水にふやけて白い傷口が残されていた。

撲殺……。

「って事は、殴られてから神田川に投げ込まれたって訳か」

「ええ。昨日の昼過ぎに出かけ、夜になっても帰らないので心配していたそうです」

「そして今朝、荷揚場に仏で浮かんだか……」

「仰る通りで……」

「金は……」

「無事です。物盗りの仕業《しわざ》じゃありませんね」

「じゃあ、恨みでも買っていたのかな……」

「身内の者たちに心当たりはないと……」

「丸菱の主、お艶の亭主もそう云っているのか」

「そいつが旦那、お艶は半年前に入り婿の亭主、文吉《ぶんきち》ってんですが、丸菱から追い出しているんですよ」

「……入り婿の亭主を追い出した」

「はい……」

お艶は『丸菱』の家付き娘であり、六年前に文吉を見初めて入り婿にしたのだが、半年前に離縁していた。

「追い出した訳はなんだ」

「それが、お艶の叔父の初次郎《はつじろう》さんも良く分からないと云っていましてね……」

「その初次郎、何処にいるんだ」

叔父の初次郎は、四ッ谷《よや》麴町《こうじまち》で暖簾《のれん》分けした『丸菱』を営んでいた。麴町から駆け付けた初次郎は、背が高くて四十歳を過ぎているとは思えぬほど若々しかった。

「姪のお艶、誰にも恨まれてはいなかったのか」

和馬は初次郎と向かい合った。

「はい。手前はそう思っております」

「お艶が追い出した亭主、文吉ってのはどうなんだ」

「文吉ですか……強《し》いて云えば、恨んでいるかも知れません」

「追い出されて、かも知れないか……」

「はい。文吉はお艶に見込まれて入り婿になったのですが、元々は袋物師。商売には向いておりませんでしてね。丸菱本店の主でありながら、商いはお艶に任せて毎日袋物造り、追い出されて恨むより、むしろほっとしているかと存じます」

「じゃあ、追い出した理由、丸菱の旦那には似つかわしくないからか……」

「そうだと思いますが、夫婦の事は叔父の私でも詳しく分かりかねます」

「そりゃあそうだな。で、文吉は今、何処に住んでいる」

「小《こ》日向《ひなた》水道《すいどう》町《ちょう》、石切橋の傍です」

「旦那、文吉の処には、あっしの処の若い者が行っております」

「そうか……」

和馬が房吉に頷いた時、六歳ほどの男の子が駆け込んで来て初次郎の膝に座った。

「その子は……」

「お艶の子供で米吉《よねきち》と申します」

「お艶と文吉の子かい」

「はい。ささ、米吉、八丁堀の旦那にご挨拶をしなさい」

「うん。今日は……」

米吉は元気良く挨拶をし、可愛らしい笑顔を作って頭を下げた。

「そうか、米吉か、賢い、賢い……」

流石に商人の子だ……。

和馬は素直に感心した。


和馬と幸吉は、牛込の房吉と共に神楽坂をあがり切った処にある自身番に向かった。

房吉の手先を務める仙太《せんた》が、自身番に中年の男を連れて来ていた。中年男は黙って和馬たちに頭を下げて挨拶をした。お艶の前夫である袋物師の文吉だった。

「ご面倒をおかけ致しております……」

文吉は落ち着いていた。落ち着きは、妙な装いを感じさせない自然体だった。

「文吉、こちらは南町奉行所の神崎様だ。隠し立てをしちゃあならないぞ」

「はい。心得ております」

文吉は房吉に返事をし、和馬に軽く頭を下げた。

「昨夜、何処にいた……」

和馬は単刀直入に尋ねた。

「はい。家で仕事をしておりました」

「証人はいるか……」

「いいえ、一人暮らしですので……」

「証人はいないか……」

和馬は見据えた。

「はい……」

文吉は和馬の視線から逃げなかった。そこには、嘘をついている脅えやしたたかさは感じられなかった。

「そうか。ところで文吉、どうしてお艶に離縁されたんだ」

「それは……」

文吉は微かな苦笑を見せた。

「お気付きの通り、私は只の袋物師、商家を営む才はございません。それで……」

「離縁されたか……」

「はい。商家は利を得るのが仕事、私は役に立たなかったのでございます」

「それにしても、お艶に見初められて婿になったんだろう」

「一応は……」

「恨んじゃあいないのか」

「恨むだなんて……私は恨んではおりません」

お艶は袋物師の文吉を見初め、入り婿に迎えた。だが、時が過ぎるにつれて文吉に飽き、その商才の無さを理由に離縁したのかもしれない。文吉は『丸菱』の旦那の座に固執せず、離縁に応じた。そして、一人息子の米吉を残し、僅かな荷物を抱えて『丸菱』を出て一介の袋物師に戻ったのだ。

和馬と房吉は、様々な角度から文吉を取り調べた。

文吉がお艶を恨んでいる様子はない……。

和馬はそう思った。

いずれにしろ、文吉がお艶を殺した証拠はない。だが、殺していない確かな証拠もなかった。

和馬と房吉は、文吉の取り調べを終えた。

「親分、もういいだろう……」

「はい。造作をかけたな、文吉。もう帰っていいぜ」

「はい。あの……」

「なんだい」

「お艶に線香の一本もあげてやりたいのですが、丸菱に行っても構いませんか」

「構わないさ。線香、あげてやるといい」

「はい。ありがとうございます」

文吉は深々と頭を下げ、自身番を出て行った。

「仙太、しばらく張り付いてみな」

「へい……」

「房吉親分、あっしも張り付いて構わねえですかい」

「ああ、幸吉。そうして貰えれば、助かるぜ」

「へい。じゃあ和馬の旦那……」

幸吉は和馬に挨拶をし、仙太と一緒に文吉を追った。

和馬は房吉と打ち合わせを終え、夕暮れの神楽坂に影を長く伸ばして下った。

隅田川を吹き抜ける夜風には、既に冷たさはなく春の柔らかさを含んでいた。

「袋物師の文吉か……」

南町奉行所吟味方与力秋山久蔵は、柳橋の船宿『笹舟』の座敷で和馬の報告を受けていた。

「はい……」

「風采の良い、物静かな二枚目かい……」

「えっ……」

「文吉だよ」

「あっ、そういえばそうともいえますね」

「大店のお嬢さんと職人か……」

『笹舟』の旦那で岡っ引の弥平次が、吐息混じりに呟いた。呟きには、苦いものが含まれていた。

「それで、文吉はお艶に追い出されて、恨んじゃあいないのかい」

「はい。自分が役立たずだったから仕方がない……」

「ええ。ですが、恨んでいないのは確かだとしても、昨夜、家にいた証拠にはなりません。幸吉と房吉の手先が見張っています」

「秋山さま、物盗りでも恨みでもないとしたら、お艶は誰にどうして殺されたのでしょう」

「親分、こいつは恨みだよ」

「ですが、文吉が恨んでいないとなると、一体誰が……」

「文吉自身は恨んでいなくても、文吉への仕打ちで恨んでいる者がいるかも知れねえ」

お艶は文吉を追い出し、文吉の親類や知り合いの誰かに恨まれたのかもしれない。それが久蔵の指摘だった。

「となると、文吉の周囲にいる者ですか」

「きっとな……」

「じゃあ明日からその辺を……」

「いや、そいつは俺がやろう。和馬はお艶の昨日の足取りだ」

「はい」

「奇特な奴だぜ……」

「親分はお艶が文吉を追い出した理由、詳しく調べてくれないか」

「商人としての才がないってのだけでは、納得できませんか」

「親分、商才がねえ大店の旦那なんて、世の中に掃いて棄てるほどいる。下手な真似をして身代《しんだい》を食い潰さねえだけ上等だぜ」

文吉とお艶の離縁の裏には、何事かが潜んでいる。

久蔵はそう睨んでいるのだ。

「つまり、丸菱の内情ですか……」

弥平次の眼が、微かな光を見せた。

「ああ……」

女将のおまきが、打ち合わせが終わったのを見計らったように酒と肴《さかな》を運んできた。


文吉の暮らす長屋は、江戸川に架かる石切橋の傍の小日向にあった。

久蔵が石切橋を渡った時、橋詰から幸吉が現れた。幸吉は昨日から文吉を見張り、その周辺を調べ始めていた。

「文吉はどうしている……」

「家で煙草入れを造っています」

文吉の暮らす長屋は、江戸川沿いにある古いものであった。文吉は、春の日差しの溢れる部屋で材料の革を型紙に合わせて切って糊付けし、極細針で縫っていた。

極細針で縫った煙草入れは、型木で形を整え、底や両端に和紙の張子を入れて前段を付け、紐や筒をつけて完成する。

文吉の仕事は、丁寧で慎重なものだった。

「若い頃から評判の良い袋物師だそうですよ」

「だろうな……」

文吉の造る煙草入れは、おそらく見事な出来栄えなのだろう。文吉は黙々と仕事を続けていた。

「朝からずっと座りっぱなし、良く飽きないものですね」

辛さも苦痛もない……。

文吉は根っからの袋物師、職人なのだ。商人としての才は、欠片《かけら》も見えなかった。

「誰か訪ねてきた者はいるのか……」

「いいえ……」

「隣近所の評判は……」

「そいつはもう、立派なものですよ」

「親しくしている者はいないのかい」

「時々、お美代《みよ》って女が訪ねてくるとか……」

「お美代、何処の誰だ」

「護国寺の門前で小間物屋を開いているそうです」

「文吉とどういう関わりだ……」

「まだ、そこまでは……」

「よし、文吉は任せた。俺はそのお美代に当たってみるぜ」

「へい。心得ました……」

小日向から護国寺のある音羽町《おとわちよう》は、目と鼻の先だ。

久蔵は幸吉を残し、水道町を抜けて江戸川橋に向かった。神霊山護国寺と門前町の音羽は、江戸川橋から北西に続いている。

神霊山護国寺は、五代将軍綱吉《つなよし》が生母桂昌院《けいしょういん》の為に建立した寺であり、〝音羽〟はその地を与えられた御年寄の名からきていた。

音羽町は、護国寺門前の一丁目から九丁目と続いて江戸川橋に至り、岡場所としても繁盛していた。

久蔵は音羽町の賑やかな往来を抜け、一丁目の角を右に曲がって東青柳町《ひがしあおやぎちょう》に入った。そこに、文吉と親しいという女の営む小間物屋があった。

小間物屋とは、その昔〝高麗《こま》物屋〟と称して〝高麗〟などの舶来物を売った。だが、今は笄《こうがい》、簪《かんざし》、元結《もとゆい》、紅、白粉《おしろい》、そして紙入れや煙草入れなどを売る〝小間物屋〟となっていた。

小間物屋『京屋』が、お美代の営む店の名前だった。

久蔵は『京屋』に入った。

「いらっしゃいまし……」

三十前後の女が、色白の顔に優しげな笑みを浮かべて久蔵を迎えた。お美代だった。

「懐紙にございますか……」

「ああ。それから簪をな……」

「簪、では奥方様に……」

「いいや、妹だよ。年は二十歳を過ぎたばかりだ」

久蔵は香織の顔を思い浮かべていた。

「まあ、優しいお兄上さまですね……」

「ふん。そうでもねえが、たまには兄貴らしい真似をして御機嫌をとらねえと、嫌われちまうからな。さあて、どれがいいのか……」

久蔵は、お美代の出してくれた様々な簪を見比べた。

「お内儀、羽二重《はぶたえ》で作った花の簪はねえのかい……」

「お武家さま、花簪は町方の娘さんたちの好む物、お武家のお嬢さまならこのような簪は如何でしょうか……」

お美代は久蔵をしげしげと見て、一本の銀簪を差し出した。銀簪は、桔梗《ききょう》の花を彫った平打ちだった。派手さは決してないが、落ち着いた気品を感じさせる簪だ。

香織に良く似合う……。

久蔵はそう思った。そして、お美代が久蔵を透《とお》して香織をどう見たかを知った。

お美代の人を見る眼は、確かだと云えるだろう……。

「よし、そいつを貰おう」

「はい。ありがとうございます……」

お美代は安心したように微笑み、深々と頭をさげた。

久蔵は簪と懐紙代を支払い、差し出された茶を飲んだ。

「この京屋、お美代の店かい」

久蔵はいきなり問いかけた。

お美代は戸惑いと警戒を浮かべ、久蔵を見詰めた。

私の名前を知っている……。

「あの、お武家さまは……」

お美代は探った。

「俺は南町奉行所の秋山久蔵って者だ」

「南町の秋山さま……」

「ああ、船河原町の袋物屋丸菱のお内儀が殺された一件、聞いているかい」

「はい……」

お美代は警戒感を消さずに頷いた。

「その事で少し聞きたい事があってな」

「そうでございましたか……」

「知っている事、聞かせてくれるかい」

「はい……」

お美代は、『京屋』が亡くなった両親が残してくれた店だと答え、久蔵の次の質問を待った。

「袋物師の文吉とは、どういう関わりだい」

「文吉さんとは幼馴染《おさななじ》みです」

「幼馴染み……」

「はい。文吉さんの亡くなったお父っつぁんは錺職《かざりしょく》でして、店に簪や帯留めを納めに来ていましてね。その時に子供だった文吉さんも付いてきて、良く護国寺の境内で遊んだものです……」

懐かしげに答えるお美代の言葉に、嘘偽りは感じられなかった。

「成る程、そして文吉は袋物師になり、お前さんは京屋の女主になったたって訳か……」

「はい。秋山さま、文吉さんが丸菱のお内儀さんを殺したと……」

「六年前に入り婿に迎えられ、半年前にいきなり縁切り、追い出されちゃあ、殺したくなるほど恨んでも可笑《おか》しくねえと思ってな」

「仰る通り恨むでしょうね、普通の男の人なら……」

「文吉は違うって言うのかい……」

「はい。文吉さん、大店の旦那さまより袋物師が似合っています。ですから、きっと恨むよりほっとしている……」

「そんなものかな……」

「はい……」

「じゃあ文吉にとって丸菱は決して居心地の良い処じゃあなかったのかい」

「そりゃあもう。何かと云えば初次郎さんがお出でになって……」

「初次郎、確か殺されたお艶の叔父だな」

「はい、まるで丸菱の主のように奉公人に指図をして……」

「文吉とお艶は、そいつを黙っていたのかい」

「黙っていたというより、お内儀さんがそうさせていましたから……」

「お艶が……」

「はい。ですが秋山さま、私は文吉さんが丸菱を追い出されて良かったと思っていますし、文吉さんもお艶さんを決して恨んじゃあいません」

お美代の淡々とした言葉には、文吉への愛が秘められている。

久蔵はそう思わずにいられなかった。

二

お艶が辻駕籠《つじかご》に乗って出かけたのは、未《ひつじ》の刻八つ時だった。

いつもは出入りの宿駕籠を使うのだが、その日は駕籠が出払っていて、お艶は丁稚《でっち》の呼んできた辻駕籠で出かけた。

番頭に言い残した行き先は、下谷山崎町一丁目にある竜景寺だった。竜景寺の老住職は、長年にわたって『丸菱』の贔屓であり、凝った巾着や紙入れなどを注文していた。その日も注文をしたいとの報せを受け、お艶自らが挨拶がてらに行った。

和馬は、牛込の房吉と共にお艶の足取りを追った。だが、丁稚の呼んだ辻駕籠は見つからず、和馬と房吉は下谷の竜景寺に赴いた。

お艶は竜景寺を訪れ、老住職の注文を受けて半刻ほど過ごし、寺を後にしていた。

「お艶はそれから何処に行くか、云っておりませんでしたか」

老住職は、和馬と房吉に首を横に振って見せた。

お艶は何処に行ったのか……。

和馬と房吉は、下っ引の松助や仙太たちと一帯に聞き込みをかけ、お艶の行方を追った。だが、お艶の足取りは、中々つかむ事は出来なかった。

袋物屋『丸菱』は、お艶の祖父が苦労して開店し、父親が江戸で十本の指に入るほどに繁盛させた。

繁盛している『丸菱』には、借財もなければ、他店を出し抜いて恨みを買っている事も一切ない。

一人娘のお艶は、父親が心の臓を患った時から店を取り仕切り、経営者としての冴えを見せた。その頃、父親の弟の初次郎は、既に暖簾分けをして貰い、麹町に小体《こてい》な店を構えていた。そして、心の臓を患っていた父親が死に、お艶は袋物師の文吉を入り婿に迎えた。

文吉にはお艶が惚れた。

娘の身で店を取り仕切ったお艶は、流石に気が強く、女特有の感性で品物を造り、大胆な商いをして『丸菱』の繁盛を継続させた。

『丸菱』の三代目主人は、世間に対しては文吉であるが、実質的にはお艶に他ならなかった。

新婚当時のお艶と文吉は、誰が見ても仲睦《なかむつ》まじいものだった。

「ですが親分、仲の良さは一年も続かなかったそうですよ」

手先の托鉢坊主の雲海坊が、弥平次に呆れた顔で報告した。

「そいつは、どうしてだ」

「お艶が文吉に飽きた……」

「飽きた……」

弥平次は眉を顰めた。

「へい。本当かどうかは分かりませんが、奉公人たちの間じゃあ専《もっぱ》らの評判……」

「お艶、気の多い女だったのかい」

「でしょうね。娘の頃からいろいろ噂があったそうですから……」

「成る程……」

お艶は男の好きな女……。

弥平次は一つの疑問を抱いた。

子供の米吉は六歳。文吉がお艶の入り婿になり、二年目に生まれた子供だった。

お艶と文吉の仲は、その時期はどうだったのか……。

弥平次の疑問が募った。

「雲海坊、丸菱の見張りは寅吉と長八に任せ、お艶の男関係を調べてくれ」

「承知しました」


南町奉行所の桜の木が、漸く蕾《つぼみ》をほころばせ始めた。

「お艶の男出入りか……」

「はい。まだはっきりはしませんが、雲海坊が調べております」

「親分、その睨み、あるぜ……」

久蔵は小さく笑った。

「秋山さまも何か……」

「いや、そうじゃあねえが……」

「と、仰いますと」

「俺の見たところ、文吉はお艶殺しに関わっちゃあいねえ。だが、お美代って幼馴染みの女がいてな……」

「関わりがありそうですか……」

「ひょっとしたら……」

「文吉の幼馴染みですか……」

「ああ、護国寺門前の東青柳町で小間物屋を営んでいる女だ」

「ですが、そのお美代がどうして……」

「文吉に惚れている……」

「……分かりました。じゃあ、すぐに誰かをお美代に張り付けましょう」

「いや。勝手をして申し訳ねえが、文吉を張っていた幸吉に頼んだよ」

「そうですか、結構です」

「秋山さま……」

戻ってきた和馬が、疲れ果てた顔を出した。

「おう、お艶の足取り、つかめたかい」

「それが、下谷山崎町にある竜景寺を訪れて帰ったまでは分かったのですが。それ以後は、さっぱりでして、牛込の房吉親分が引き続き追っています」

「下谷山崎町……」

「確か、寛永寺の坂下門を出た辺りですね」

「うん……」

「って事は、不忍池にも近《ちけ》えか……」

「はい……」

弥平次の眼が鋭く輝いていた。

「よし。和馬、明日から一帯の料亭や茶屋を虱潰《しらみつぶ》しに当たってみな」

「料亭や茶屋ですか……」

「ああ、柳橋がお艶の男出入りを調べ始めたんだよ」

「そうですか、分かりました」

お艶殺しの一件は、ゆっくりだが確かに動き出した。

久蔵は手応えを感じた。


酉《とり》の刻六つ時。

お美代は『京屋』を閉め、東青柳町を出て音羽通りを江戸川に向かった。

夕暮れの音羽通りは、参詣帰りの人や遊び客で賑わっていた。お美代は四角い風呂敷包みを手にし、行き交う人々の間を足早に進んだ。

人込みの中での尾行は容易だった。顔が知られていない幸吉は、まるでお美代のお供のようにすぐ後ろを進んだ。

このまま進んで江戸川橋を渡り、左手に曲がると小日向水道町に行く。そして、牛込水道町との間に架かる石切橋の傍に文吉の家がある。

お美代は文吉の家に向かっている……。

幸吉はお美代の行き先を読んだ。

音羽町を抜けたお美代は、軽やかな足取りで江戸川橋を渡り、左手に曲がった。

やはり文吉の家だ……。

幸吉は確信した。そして、お美代を追い抜き、水道町の裏通りに走り込んだ。


行燈の灯りは、金唐革を淡く輝かせた。

文吉は晩飯の仕度もせず、糊で貼って縫い合わせた金唐革の煙草入れを型木で形を整えていた。

腹が減れば、残っている冷飯を食べればいい……。

文吉は休みもせずに仕事を続けた。納得の出来る作業が続けられる間、仕事の手を休める気はなかった。

文吉の暮らす長屋には、夕食時の柔らかい灯りと子供たちの楽しげな声が洩れていた。

風呂敷包みを手にしたお美代は、木戸を潜って文吉の家に向かった。

文吉の家は、他の家とは違って薄暗く静かだった。

「文吉さん……」

お美代はそっと声をかけた。文吉の返事はなかった。お美代は何度か声をかけた。そして、腰高障子の向こうから文吉が笑顔を見せるのを、何度か心待ちにした。だが、文吉の返事はなかった。

幸吉は物陰の暗がりで見守った。

お美代は小さな吐息を洩らし、腰高障子を開けて中に入った。

今夜は長い張り込みになりそうだ。

幸吉が覚悟を決め、暗がりから出ようとした時、文吉の家からお美代が出て来た。幸吉は、慌てて暗がりに戻った。

お美代は腰高障子を静かに閉め、満足したような微笑みを浮かべた。

何がどうなっているのだ。文吉はいないのか……。

幸吉は戸惑い、混乱した。

次の瞬間、お美代は文吉の家を離れ、木戸に向かった。

幸吉は慌てた。

お美代を追うか、文吉の所在を確かめるのか、幸吉は迷った。

暗がりを出た幸吉は、素早く文吉の家の腰高障子を開けて中を覗いた。

奥の作業場には、行燈の灯りに手元を照らして仕事をする文吉の背が見えた。

そして、上がり框《かまち》に重箱が置かれていた。

出て行ったお美代の手に、四角い風呂敷包みはなかった。

幸吉は腰高障子を閉め、お美代を追った。

冷たい風が吹き込み、夢中で煙草入れを造っていた文吉の背を撫でた。

文吉は煙草入れ造りの手を止め、戸口を振り返った。上がり框にある重箱に気付いた。

お美代……。

文吉は座を立って三和土《たたき》に降り、腰高障子を開けて外を覗いた。

外には、お美代の姿は勿論、人影は見えなかった。文吉は腰高障子を閉め、重箱の蓋を取った。重箱には、煮物や卵焼きなどの惣菜と握り飯が入っていた。

気が付かなかった……。

お美代は、仕事に打ち込んでいる文吉に声をかけず、手料理を詰めた重箱だけを置いていったのだ。いつもの事だった。

「お美代……」

文吉は呟いた。込められた感謝の念が、文吉の呟きを掠れさせた。

幸吉は、小日向水道町の夜道を走った。そして、水道町を抜けた時、前方にある江戸川橋を渡っていく女の後ろ姿を捉えた。

お美代か……。

幸吉に残された道は、その女の顔を確かめるしかなかった。

幸吉は暗がりを走り、女の後ろ姿を追った。

江戸川橋を渡った女は、右手に曲がって横顔を見せた。

お美代だ……。

幸吉は安心し、お美代を尾行した。

桜木町を行くお美代は、赤提灯《あかちょうちん》の揺れる居酒屋に裏口から入っていった。

居酒屋で何をする気だ……。

幸吉は居酒屋の様子を窺った。

居酒屋の店内は広く、職人やお店者《たなもの》などの雑多な客で賑わい、酌婦たちが黄色い声をあげていた。

入ってみるしかない……。

幸吉は着物の裾を下ろし、十手を懐に隠して居酒屋の客になった。

厚化粧の酌婦が、幸吉を空いている隅の席に案内した。

幸吉は酒を頼み、店内にお美代を探した。だが、お美代はいなかった。板場で料理や酒の仕度をしているのかもしれない。

幸吉は、厠《かわや》に行く振りをして板場を覗こうと考えた。

「あら、何処いくの」

酒を持った酌婦が、賑やかな声と共に幸吉の傍にやってきた。

「いや、別に……」

幸吉は機先を制され、座り直すしかなかった。

「お兄さん、初めてね……」

酌婦は隣に座り、幸吉に酒を酌した。白粉のくどい臭いが、幸吉の鼻を突いた。

酌婦は、席に案内してくれた女とは違っていた。

「ま、お前も一杯、やんな……」

幸吉は銚子を取り、酌婦に酒をすすめた。

酌婦の手の猪口に当たった。


「まあ、嬉しい……」

酌婦は厚化粧の笑顔を向けた。

幸吉は驚きに突き上げられた。持っていた銚子が、酌婦の手の猪口に当たった。

甲高い音が短く鳴った。

「あら、どうしたの……」

「いや、お前が余りの美形で驚いたのさ……」

「まあ、口が上手いこと……」

酌婦は艶然と微笑み、猪口に満たされた酒を飲み干した。

酌婦はお美代だった。

厚化粧をしたお美代は、安っぽい派手な着物に身を包み、まるで別人だった。

幸吉はお美代を相手に酒を飲んだ。お美代の酒の飲みっぷりは、『京屋』の店内にひっそりと座っている姿と重ならなかった。

小半刻が過ぎた。

お美代は楽しげに酒を飲み、賑やかに幸吉の相手をしていた。

「何か良い事でもあったのかい……」

「えっ、どうしてさ……」

「随分、楽しそうだからよ」

「そう、良い事があったんだよ」

「やっぱりな。富籤《とみくじ》にでもあたったか……」

「まさか……」

「じゃあ、どうしたい」

「私の大事な人をさ、馬鹿にした嫌な女を懲《こ》らしめてやったんだよ」

大事な人は文吉であり、嫌な女はお艶なのか……。

「嫌な女か……」

「ええ、大店のお内儀さんの癖に男狂いの淫乱女。旦那を裏切った挙句、追い出したろくでなしですよ」

文吉とお艶に間違いない……。

「それで、懲らしめてやったのかい……」

「ええ、思い切り……」

お美代は思い出したような笑みを浮かべ、酒を呷《あお》った。

お艶を殺したのはお美代なのか……。

幸吉は突き止めようとした。だが、警戒させてはならない。夜は長い、焦らずに手間暇かけて聞き出すしかない。幸吉はお美代に酒を酌してやった。

「それにしても驚いただろうな、大店のお内儀さん……」

「そりゃあもう……」

お美代の猪口で酒が揺れた。

「どうやって懲らしめたんだい」

幸吉は店の喧騒を意識の外に押し出し、お美代の返事を待った。

お美代は揺れる酒を飲み干し、小さな声で笑い出した。お内儀の無様な姿を思い出したかのように、肩を揺らし声をあげて笑った。

「そんなに面白かったのかい……」

幸吉は戸惑いながらも、懲らしめた手立てを聞き出そうとした。

お美代の笑いが、苦しげな咳に変わった。

「おい、どうした大丈夫か」

幸吉は咳き込むお美代を心配した。

「大丈夫……」

お美代の咳は治まった。

「あら、お銚子、空じゃあない。新しいの持ってくるわ……」

お美代は、空になったお銚子を持って板場に入っていった。

幸吉は吐息を洩らし、猪口の底に残っている僅かな酒を啜った。

客もまばらになり、店は静かになり始めていた。

銚子を持った酌婦が、幸吉の隣に座った。

「さあ、どうぞ……」

銚子を差し出した酌婦は、お美代ではなかった。

幸吉は戸惑った。

「さっきの女、どうした」

「帰ったわよ」

「帰った……」

「ええ……」

酌婦は手酌で酒を飲んでいた。

「どうして……」

「どうしてって、あの人はここで働いているんじゃなくて、時々酌婦の真似をしに遊びにくるだけ。だから、いつ来て帰っても構わないんだよ」

お美代は酌婦ではなく、その真似事をして遊んでいた。

「うちの旦那も酌婦を一人、只で雇っているようなもんだから大歓迎。好きにさせているのよ。結構なご身分だよ……」

酌婦は悔しさと羨《うらや》ましさに顔を歪めた。厚化粧に深い皺が走り、醜く剝《は》げた。

幸吉の酔いが、急速に消え失せた。

久蔵と弥平次は、幸吉の報せに少なからず驚いた。

「酌婦の真似かい……」

弥平次が眉をひそめた。

「あっしも驚きました」

「で、お美代は居酒屋から家に帰ったのか」

「へい。すぐに護国寺門前の京屋に走り、縁の下に潜り込んだのですが、微かに咳が聞こえました」

「咳か……」

「親分、ありゃあお美代の咳に間違いありません」

「幸吉……」

久蔵の眼に厳しさが浮かんでいた。

「へい……」

幸吉は緊張し、居住まいを正した。

「お美代は厚化粧の酌婦を装い、楽しく酒を飲むのだな」

「へい……」

何故だ。お美代は何故、そんな真似をするのだ……。

疑問の楔《くさび》が、久蔵に鋭く打ち込まれた。

「それにしても親分、お美代が文吉の為にお艶を懲らしめたとなると……」

「ああ。お艶を殺したのかも知れない。ねえ、秋山さま……」

「親分、殺したかどうかは分からねえが、関わりがあるのに違いねえだろう。いずれにしろ幸吉、お美代から眼を離すんじゃあねえ」

お艶殺しの裏には、灰の下で密やかに燃え続ける埋み火がある。

久蔵の直感がそう囁いた。

三

お艶の男出入りの実態は、容易に分からなかった。だが、噂は多かった。

火のない処に煙は立たない……。

噂がある限り、何らかの実体はある筈だ。

雲海坊は、噂が真実かどうか根気良く確かめていった。そして、雲海坊の前に驚くべき噂が浮上した。その噂は、お艶が叔父の初次郎と関係があったというものだった。

叔父と姪が、男女の情を交わしていた……。

雲海坊は戸惑いながらも、初次郎の様子を見直した。

初次郎はお艶の死後、暖簾分けして貰った麴町の店を女房に任せ、『丸菱』の商いの采配を振るっていた。その姿は、まるで袋物屋『丸菱』の主といえた。

叔父の初次郎は、『丸菱』を己のものにする為、姪のお艶を手にかけた。仮にそうだとしたら、お艶との噂はどうなるのだ。

とにかく初次郎だ……。

雲海坊は探索の鋒先《ほこさき》を変えた。

和馬と牛込の房吉たちの、お艶の足取り追跡は続いていた。

事件の日、お艶は不忍池界隈の料亭や茶屋に現れてはいなかった。

和馬と房吉は、探索の網を下谷、谷中、湯島に広げた。だが、お艶が訪れた痕跡は、何処にもなかった。

「くそ……」

和馬は酒を呷った。

下谷広小路の蕎麦屋は、蕎麦より酒が美味かった。

「これからどうする親分……」

「へい。こうなりゃあ浅草、根津にも網を広げるしかないでしょう」

「だがな、お艶が竜景寺の後、本当に料亭か茶屋に行ったという確かな証拠はないんだぞ」

「ですが神崎の旦那、あっしは秋山さまの睨みを信じますよ」

「秋山さま……」

「ええ……」

「やるしかないか……」

和馬は大きな溜息を洩らし、手酌の酒を飲み干した。

初次郎の店は、四ッ谷御門前の竹丁麴町十一丁目にあった。袋物屋『丸菱』の暖簾を分けて貰った店は余り繁盛していなく、奉公人は丁稚一人だけだった。

雲海坊は丁稚を呼び止めた。丁稚は、初次郎の女房に使いを頼まれた帰りだった。

雲海坊は丁稚に己の正体を明かし、お艶殺しで興味をそそって蕎麦屋に誘い込んだ。

「それで、お艶さんが殺された夜、初次郎の旦那、店にいたのかい」

丁稚は、雲海坊が取ってくれた蕎麦を美味そうに啜り、顔をあげた。

「ううん。旦那はあの日、昼過ぎに出かけて、帰って来たのは夜中だよ」

「夜中……」

「うん。帰ってきてお内儀さんと喧嘩してさ。煩《うるさ》いったらありゃあしねえ」

「旦那とお内儀さん、仲悪いのか……」

「ここだけの話だけど、旦那さん、女好きだから……」

丁稚は一人前の口を利き、主夫婦を嘲《あざけ》るような笑みを浮かべた。

「で、旦那が何処に行っていたのか、分かるかい」

「さあ、お内儀さんと喧嘩したぐらいだから、仕事じゃあないのは確かだよ」

「成る程な……」

雲海坊は丁稚の読みに思わず頷いた。

いずれにしろお艶が殺された夜、初次郎が出かけていたのは間違いない。

丁稚は蕎麦が残っている間、雲海坊の質問に答えた。


昼間の音羽通りは、護国寺への参詣客で賑わっていた。

香織は初めての音羽に戸惑いながらも、久蔵と共に東青柳町の小間物屋『京屋』に向かっていた。

久蔵の買ってきてくれた桔梗を彫った銀簪は、香織を喜ばせた。

「なあに礼には及ばねえ。ちょいと調べる事があってな。それで訪ねた口実に買ったまでだぜ」

久蔵は味もそっけもなかった。だが、香織は嬉しかった。そして、久蔵は香織を『京屋』に誘った。香織に断る理由はなかった。

「それで義兄上、私はどうすれば良いのですか……」

「買い物をしながら、お美代って女主の様子を窺ってくれ」

「様子ですか……」

「ああ、病を隠していねえか、男がいるかいねえか、分不相応なものを持っているかどうかとか、ま、いろいろ視て、普通じゃあねえなと思った事があったら報せてくれ」

久蔵は音羽一丁目を右に曲がった。そこが東青柳町であり、小間物屋『京屋』があった。香織は久蔵に渡された小判を懐にして、一人で『京屋』に向かった。

「秋山さま……」

お美代を監視していた幸吉が現れ、香織を見送った久蔵の傍にやって来た。

「今、香織さまが……」

「ああ、女同士、妙な事があるかないか、直に当たって貰おうって魂胆よ」

「成る程……」

「どうだ、お美代は……」

「へい。買物客も少なく、静かなもんです」

「出かける事は……」

「近くの八百屋ぐらいに……」

「気になる事は、取り立ててねえか……」

「時々している咳以外は……」

「咳か……」

「へい……」

「労咳かな……」

久蔵は、お美代の抜けるような白い肌を思い浮かべた。

「かもしれませんね……」

「よし。半刻ばかり俺と香織に任せて、息を抜いてきな」

久蔵は幸吉に一分金を握らせた。一分金は、一両の四分の一の価値だ。

「かたじけのうございます。じゃあ、ちょいと腹ごしらえを……」

久蔵に礼を云った幸吉は、行き交う参詣客の中に入っていった。

久蔵は、護国寺門前の茶店で香織を待つ事にした。


お美代は様々な黄楊櫛《つげぐし》を、香織の前に並べた。

どれも歯を見事に磨かれた黄楊櫛だった。

香織は、背に見事な透かし彫りをあしらった黄楊櫛を手に取った。透かし彫りは、浪《なみ》に千鳥《ちどり》の柄であった。

「素敵……」

「こんな柄のもございますよ」

お美代は、花柄の透かし彫りを施した黄楊櫛を香織に見せた。

「まあ、綺麗……」

「お嬢さまに良くお似合いですよ」

そこには、値の張る物を売りつけようとする魂胆は窺えず、純粋に香織に似合う櫛を選んでいる気持ちしかなかった。

香織は、お美代の人柄を僅かに知った。

透かし彫りの花柄は桔梗だった。

桔梗……。

久蔵が買ってくれた銀簪も桔梗の花柄だった。香織は嬉しくなった。

「桔梗の柄は、お嬢さまに良くお似合いですよ」

「本当……」

「ええ……」

お美代は微笑んだ。透き通るような美しい笑顔だった。

「じゃあ、桔梗の透かし彫りの櫛をいただきます」

「ありがとう存じます……」

お美代は礼を述べ、桔梗の花の透かし彫りの黄楊櫛を包みに座を立った。風が巻き起こり、薬湯の臭いが微かに漂った。

薬湯の臭い……。

香織は感じた。

お美代は黄楊の櫛を渡し、代金を受け取って店の奥に入っていった。

店の奥には、お美代以外の人がいる気配はなかった。香織は店に並ぶ品物を見廻した。並んでいる様々な品物は、門前町の小間物屋で売られる物とは思えぬほど品が良く、手が込んでいた。特に袋物は、素晴らしい品物ばかりといえた。

奥から小さな咳が聞こえた。

お美代の咳だった。おそらく薬湯は、咳を鎮める為のものなのだ。

小さな咳が鎮まり、お美代が釣り銭と茶を持って戻ってきた。

「お釣りにございます。それから宜しければお茶をどうぞ……」

お美代の白い手が、釣りと茶を差し出した。

「いただきます……」

香織は釣りを仕舞い、茶を飲んだ。

「お嬢さまはどちらからお見えでございますか……」

「日本橋から護国寺にお参りに……」

「お一人でございますか……」

香織は微かに動揺した。

武家娘としての香織の身なりは、お供がついていていても不思議はない。お美代はそこに不審を感じたのかもしれない。

「いいえ、父が下男をお供に護国寺の知り合いのお坊さまと……私、お坊さまのお話はつまらないので……」

香織は悪戯《いたずら》っぽく笑った。

「左様でございましたか……」

お美代は微笑んだ。邪気の感じられない微笑みだった。

上手い嘘……。

咄嗟に口をついた嘘に、香織は内心ほっとせずにはいられなかった。

香織は黄楊櫛の包みを手にし、お美代に見送られて『京屋』を出た。香織がいる間、客は一人として訪れなかった。

護国寺に行く参詣客の流れは、香織を自然に境内に送り込んだ。

横手から幸吉が現れ、香織に並んで声をかけてきた。

「お嬢さま……」

「あら、幸吉さんも来ていたの……」

香織は屈託のない笑顔を向けた。

「へい。秋山さまはこちらです……」

幸吉は苦笑し、香織を久蔵の元に案内した。

久蔵は門前茶屋の奥座敷にいた。

香織は買った桔梗の黄楊櫛を見せ、お美代に感じた事を報告した。

「余り儲けようとは思っちゃあいねえか……」

「はい。揃えている品物も、参拝客目当ての土産物などではなく、きちんと吟味された物ばかり、特に巾着などの袋物は、上等な品ばかりでした」

おそらく袋物は、文吉の作った物だけを扱っているのだ。

「女の一人暮らし。つつましく暮らせば、客は一日一人でも平気ですか……」

幸吉は感心した。

「お美代さん、きっと商いより、お客に似合う品物を選ぶのが好きなのだと思います」

金を儲けるより客に似合う品物……。

久蔵はお美代に一途《いちず》さを感じた。お美代の一途さは、文吉への気持ちであり、お艶を懲らしめた行為に秘められている。

「それからお美代さん、どうも病を患っているみたいです」

「咳かい……」

「ええ、微かですが薬湯の臭いがしていました……」

「薬湯ねえ……」

「分かりました。近所の医者や薬種問屋を当たり、何の病か確かめてみます」

幸吉は、動きのない見張りから解放される嬉しさを見せた。

お美代の病は、おそらく労咳だろう。そして、自分の命の限界を知ったお美代は、愛する文吉の恨みを晴らそうと、お艶を殺したのかも知れない。それが、誰もが読む絵解きだ。お美代がお艶を殴り殺し、その死体を神田川に棄てた。

久蔵には疑問が湧いていた。

お美代一人で出来る事なのだろうか……。

お艶殺しの裏には、人間たちの恨みや欲望、そして迷いと苦しみが秘められている。

いずれにしろ、香織をお美代と逢わせて良かった。

久蔵はそう思った。

谷中根津権現《やなかねづごんげん》は、日本武尊《やまとたけるのみこと》が創祀したとされる古社である。その裏手はあけぼのの里と称され、文人や粋人の好む鄙《ひな》びた料亭が木陰に点在していた。

和馬は牛込の房吉の下っ引・松助と歩き廻り、漸く一軒の料亭に辿り着いた。

柴の垣根を巡らせた『水月』は、道から奥に入った処に建つ茅葺《かやぶき》屋根の落ち着いた料亭だった。

袋物屋『丸菱』のお艶は、事件当日の申の刻七つ時に『水月』に現れていた。

漸くみつけた……。

和馬の全身に疲れが溢れ出た。

「神崎の旦那……」

「ああ、やっとだ。女将、とにかくお艶を通した座敷にあげてくれ」

『水月』の女将は、和馬と松助をお艶のあがった離れ座敷に案内した。離れ座敷は、裏手の雑木林の中にひっそりと建っていた。

「女将、酒を持ってきてくれ」

和馬は離れ座敷に入るなり女将に頼み、疲れ果てたように座り込んだ。

「いいんですか旦那、酒……」

「松助、薬だ。気付け薬だ……」

和馬と松助は、女将の持ってきた酒を飲んだ。酒は疲れた五体にゆっくりと沁み渡り、和馬と松助はようやく一息ついた。

「で、女将、丸菱のお艶は、誰と一緒だった」

「はあ、それが……」

女将は躊躇《ためら》った。

「女将、今更知らないは、手遅れだぜ」

「松助の言うとおりだ。女将、何なら大番屋で聞いてもいいんだぜ」

「冗談じゃありませんよ、旦那」

料亭の女将稼業は、客の秘密を守らなければならない。だが、女将はそれを諦めた。

お艶が『水月』に来た時、男はすでに離れ座敷に来ていた。

「その男、何処の誰だ……」

「はあ、浅草の仏具問屋一念堂の若旦那ですよ」

浅草の仏具問屋『一念堂』は、江戸でも指折りの大店だった。お艶の相手の男は、一廻りも年下の『一念堂』の若旦那だった。

「それで女将、お艶と若旦那、どんな様子だった」

「どんな様子と言われても、手前どもは料理とお酒を運んだだけですので……」

「惚《とぼ》けるんじゃあない。昨日今日、料亭の女将になったお前でもあるまい」

「はあ……そりゃあもう、一廻りも年下の若旦那。手取り足取り、可愛くて仕方がないって様子でしたよ」

お艶と若旦那は、戌の刻五つ時まで離れ座敷で過ごしていた。その間の約二刻、お艶と若旦那が何をしていたかは聞くまでもない。

「で、お艶と若旦那、一緒にここを出たのか」

「いいえ、駕籠を呼んで若旦那が先に、そして四半刻後にお艶さんも駕籠で……」

「二人が帰る時、変わった事はなかったかい」

「そういえば、お艶さんと若旦那、羽織を取り替えていました」

「羽織を取り替えていた……」

「ええ、若旦那がお艶さんの小豆色の羽織を着てお帰りになり、お艶さんは若旦那の青い羽織を……」

「そいつはどうしてだ……」

「さあ……」

女将は、怪訝な面持ちで首を捻った。

何故、二人は羽織を取り替えたのだ……。

和馬は理由を探した。

「女将、表に妙な奴はいなかったか……」

見張っている者がおり、その眼を眩《くら》ます為に羽織を取り替えたのかもしれない。

「別に気がつきませんでしたが……」

女将は眉を顰めた。

「そうか……ところで女将、お艶がここに来たのはあの夜が初めてか」

「とんでもございません。お艶さんには娘の頃から御贔屓にして戴いていますよ」

お艶の素行が窺えた。

「神崎の旦那……」

「うん。とにかく浅草の一念堂だ」

「へい……」

和馬と松助は、『水月』を出て浅草に急いだ。

弥平次と雲海坊は、お艶の叔父である初次郎の身辺の探索を急いでいた。

初次郎は麴町の店に戻らず、袋物屋『丸菱』の主となった幼い米吉の後見人に納まっていた。

「そりゃあもう旦那同然の振る舞い、番頭をはじめとした奉公人たちを扱き使っていますよ」

「初次郎、ひょっとしたら丸菱の旦那になりたかったんじゃありませんか……」

『丸菱』を見張っている鋳掛屋の寅吉と夜鳴蕎麦屋の長八が、呆れ顔で弥平次に報告していた。

二人の見方が正しいとしたなら、初次郎はお艶殺しに何らかの関わりがあるかもしれない。

弥平次の初次郎への興味は募った。

雲海坊の調べでは、初次郎は若い頃から遊び人であり、博奕や酒、女遊びにうつつを抜かしていた。当時、女遊びの相手の一人として姪のお艶の名もあがっていた。

初次郎とお艶は、叔父と姪といっても歳は一廻りしか離れていない。男と女の仲になっても不思議はないのだ。

「親分、初次郎の若い頃の遊び仲間の話じゃあ、初次郎は昔、お艶を自分のものにして丸菱の身代を戴くと良く云っていたそうでしてね……」

雲海坊は面白そうに話し始めた。

「ところが丸菱の旦那で初次郎の兄貴、つまりお艶の父親がそれを知り、怒り狂って初次郎を丸裸にして追い出した……」

「流石に娘が自分の弟と一緒になるのを喜ぶ父親はいないか……」

「へい。面白いのはその時のお艶なんですが、けろっとして大笑いをしていたそうです」

「じゃあ、二人は男と女の仲じゃあなかったのかい」

「それが、二人で舟遊びをしたり、梅見に桜見物、いろいろ遊び歩いていたらしいですが、男と女の仲になっていたかどうかは……」

「はっきりしないか……」

「仰る通りで……」

「で、追い出された初次郎はどうしたい」

「なあに、すぐに泣いて詫びをいれましてね。何といっても実の兄弟、お艶の父親は初次郎に所帯をもたせて、暖簾分けをしてやったって訳ですよ」

「それにしてもお艶は、かなりの男好きなようだな」

「そりゃあもう……」

「そして、父親が死に、お艶が店を継いで文吉を婿に迎え、子供の米吉が生まれたか……」

「へい。一応そうなっていますが、米吉、実は文吉の子供じゃあないという噂が……」

「……噂じゃあ誰の子供だい」

「そいつが初次郎じゃあないかと……」

「初次郎……」

「へい。初次郎の奴、お艶の父親が死んでから良く丸菱に来ていたそうでして……」

「……先代が死んで腐れ縁の縒《よ》りが戻り、世間体を守ろうと文吉を利用したかい……」

それが事実なら、お美代が恨むのも頷ける。

弥平次は文吉の虚しさと、お美代の哀しさを思いやった。

和馬と松助は、浅草一帯の料亭や茶屋を調べていた牛込の房吉と落ち合い、『一念堂』に乗り込んだ。

和馬は、『一念堂』の若旦那三之助を有無を言わせず締め上げた。

震え上がった三之助は、何もかも呆気なく白状した。

「お艶とはいつから出来ているのだ」

和馬は締め上げる手を緩めなかった。

「去年の夏から……」

「で、あの夜、どうしてお艶と羽織を替えた」

「あ、あれは水月の表に初次郎さんがいたからです」

「初次郎だと……」

「はい。それで私が駕籠の隙間からお艶の羽織の裾を見せれば付いて行くだろうと、お艶が云って……」

『水月』の入口は、道から奥まった処にある。駕籠は奥の入口に着け、客の出入りは道から見えない造りになっている。それは、逢引き客や訳あり客を思っての造りと言えた。

あの夜、初次郎はお艶を監視していたのだ。

「初次郎、どうしてそんな真似をしていたのか分かるか」

「お艶に棄てられて妬《や》いてんですよ」

「って事は何か、お艶と初次郎、出来ていたってのか」

「そりゃあもう……」

三之助は、当然だと云わんばかりの顔をした。

「で、駕籠に乗ったお前は、隙間からお艶の羽織の裾を見せたのか」

「はい……」

「初次郎、狙い通りに付いてきたのか」

「はい。根津権現から不忍池を抜け、下谷に向かった頃、駕籠に乗っているのがお艶じゃあないと気付いたらしく、慌てて小石川の方に走って行ったと、駕籠舁《かごかき》が……」

「お艶を追って行ったか……」

誑《たぶら》かされたと気付いた初次郎は、慌てて袋物屋『丸菱』のある神楽坂に走ったのだ。

「ええ、きっと。いい年をした親父が良くやりますよ」

二十歳を過ぎたばかりの三之助は、若々しい顔を軽薄に歪めて嘲笑った。

和馬はいきなり三之助の頬を張り飛ばした。三之助が悲鳴をあげて倒れた。

「神崎の旦那……」

房吉が驚いた。

「親分、この糞生意気ながきは、まだ何かを隠しているかもしれない。大番屋にぶち込むんだ」

和馬は腹が立った。他人を見下して嘲笑う三之助の醜さに無性に腹が立った。

「だ、旦那、私は何もかも話しました。もう、何も隠しちゃあいません」

三之助は必死に訴えた。

「煩《うる》せえ、隠しているかどうかは、こっちの決める事だ。さっさと来い」

和馬は三之助の襟首を鷲摑《わしづか》みにし、『一念堂』から無理矢理に引きずり出した。

四

桜の蕾が淡い色を浮かべ始めると、江戸の人々は花見の仕度に忙しくなる。

柳橋の船宿『笹舟』は、座敷の障子を開け放し、隅田川を吹き抜ける微風に春の香りを運ばせていた。

「叔父の初次郎か……」

久蔵は盃に満たした酒を飲み干した。

「はい。お艶と男女の仲だったのは間違いありません」

和馬は手酌で忙しく酒を飲んだ。それは、探索が僅かに進んだ喜びであり、積み重なった疲れを忘れる行為でもあった。

「そして、三之助に妬くほどお艶に惚れているんです」

「和馬、そいつはどうかな……」

「えっ、違うんですか、秋山さま」

「親分、初次郎は丸菱の身代を狙っていたんだろう」

「はい、噂じゃあ若い頃から……」

弥平次は微かに苦笑した。

「和馬、お艶は婿の文吉を追い出し、叔父の初次郎と腐れ縁の縒りを戻した。だが、お艶は仏具問屋の三之助を可愛がり始め、いつ別れ話が持ち上がるか分かりゃあしねえ」

「そいつが心配で見張っていたんですか……」

「そして、二人を何とか別れさせようとしていた。違いますかね」

「ああ、俺の見立ても親分と同じよ」

「でしたら秋山さま、初次郎はお艶殺しの下手人ではないと……」

「そうは云っちゃあいねえさ」

「と仰いますと……」

「お艶が死ねば、手前が幼い米吉の後見人になり、丸菱を支配できるってもんさ」

「それに、もうお艶に振り廻されずに済みますか……」

「ああ……」

「ならばあの夜、初次郎は丸菱に戻り、根津から帰って来たお艶を殺した……」

「ところが一つ、分からねえ事がある」

「お美代ですか……」

弥平次がそう云い、久蔵の盃に酒を満たした。

「ああ、お艶を懲らしめたってのがな……」

「秋山さま、まさか初次郎とお美代が結託してお艶を……」

和馬が意気込んだ。

「和馬、初次郎はお艶に振り廻され、慌てて丸菱に戻ったんだぜ。とても結託している暇はなかった筈だぜ」

「そうですねえ……」

和馬は酒を飲み干し、深々と吐息を洩らした。

「和馬の旦那、焦っても仕方がありませんよ。さあ……」

弥平次は優しく和馬を慰め、酒を注いでやった。

お美代……。

久蔵の脳裏に、お美代の白い顔が急速に広がった。


居酒屋は雑多な客で賑わっていた。

幸吉は隅に座り、酌婦の真似をしているお美代を見張っていた。お美代は、安物の派手な着物と厚化粧で別人になり、客の間を賑やかに舞っていた。

夕方、お美代は『京屋』を閉め、風呂敷に包んだ重箱を持って文吉の家を訪れた。

この日、文吉は訪れたお美代に気付き、短く礼を述べた。お美代は嬉しげに微笑み、文吉の夕食の仕度を整えた。そして、仕事に没頭している文吉の背に声をかけ、家を後にした。文吉の返事はなかった。だが、足早に音羽町に向かうお美代には、満足感が満ち溢れていた。

お美代が、居酒屋で酌婦の真似を始めて半刻が過ぎた。

「あら、この間のお兄さん……」

お美代は幸吉に気付き、隣に座って酒を酌した。

「おう。ま、一杯やってくれ」

幸吉はお美代に酒を勧めた。

「まあ、嬉しい……」

お美代は幸吉に酌をして貰い、美味そうに酒を飲んだ。

「あら、冷たいじゃあない。熱いの持ってくるわ」

お美代は、空いた銚子を手にして座を立ち、板場に向かった。途端にお美代は咳き込み、身体を揺らしてしゃがみ込んだ。

「大丈夫か……」

幸吉は驚き、お美代の震える背を擦《さす》った。

お美代の噎《む》せ返るような咳は、次第に激しさを増した。そして、お美代は口元を押さえて眼を見開き、必死に咳を堪えた。だが、限界はすぐに訪れた。お美代は激しく咳き込んだ。口元を押さえていたお美代の両手に鮮血が溢れ、散った。

「しっかりしろ」

幸吉は思わず叫んだ。

お美代は僅かに眼を開け、詫びの色を滲ませて気を失った。


『笹舟』の船頭勇次が、久蔵の屋敷に駆け込んで来たのは戌の刻五つ半を過ぎた頃だった。

久蔵は、取り次いだ香織と勇次に逢った。

「どうしたい」

「へい。お美代が血を吐いて倒れたと、幸吉の兄貴から報せが……」

「お美代が……」

久蔵に緊張が走った。

「音羽の居酒屋で……」

「居酒屋でか……」

「へい。それで幸吉の兄貴が、護国寺門前の家に運んだそうです」

「よし、すぐ仕度をする」

「義兄上……」

香織は、自分も駆け付けたい思いに駆られていた。

「香織も来るか」

久蔵は、香織の気持ちを読んだかのように尋ね返した。

「はい……」

「だったら急ぐんだ」

久蔵の声音は、意外なほどに厳しかった。


お美代が倒れた直後、幸吉は居酒屋の主に己の素性を明かした。そして、お美代を護国寺門前の小間物屋『京屋』に背負って運び、医師を呼んで弥平次に人を走らせた。

報せを受けた弥平次は、久蔵の屋敷に勇次を急がせた。

猪牙舟の船足は速い。久蔵と香織を乗せた勇次の猪牙舟は、両国橋を潜って神田川を遡り、流れを切り裂いて音羽に急いだ。

櫓《ろ》を漕ぐ勇次の若い身体からは、微かな湯気が立ち上っていた。桜の花が咲き始めたとはいえ、三月の夜の川風はまだ冷たかった。

神霊山護国寺の伽藍《がらん》は、春の月明かりを受けて蒼白《あおじろ》く輝いていた。

小間物屋『京屋』は暗く静まり、微かに薬湯の臭いが漂っていた。

お美代は医者の往診を受け、薬湯を飲んで眠っていた。

「で、どうなんだ……」

久蔵の問いに、幸吉は沈んだ面持ちで首を横に振った。

「お医者の診立てでは、いつ逝《い》っても不思議はないそうです」

「そんなに酷いのか……」

「へい……」

幸吉はお美代の病を調べていた。そして、病が予想通り労咳であり、お美代が死を覚悟しているという事が分かった。お美代は医者の勧める薬や療養を断り、普段通りに暮らしていたのだ。

労咳は死病……。

お美代は、己の生涯を冷静に見詰めている。

久蔵はお美代が秘めた芯の強さを知った。

「香織、化粧を落としてやりな……」

「はい……」

お美代の厚化粧は醜く崩れ、病の恐ろしさと無残さを感じさせていた。

香織はお美代の化粧を拭い落とし、白く透ける素肌を取り戻させた。素肌に戻ったお美代は、病の苦痛も感じさせず安らかであった。そして、香織はお美代の身体を拭い、肌着を着替えさせた。痩せた身体は、蒼白く微かに火照っていた。

「ありがとうございます、お嬢さま……」

お美代は、眼を瞑ったまま静かに礼を述べた。

「お美代さん……」

香織は、お美代が気付いたことを久蔵に報せた。

「……秋山さま……」

お美代は久蔵を覚えていた。

「では、お嬢さまは……」

「俺が桔梗の花柄の銀簪を買ってやった義妹だよ……」

「そうでしたか……」

香織の髪には、桔梗柄の平打ちの銀簪が煌めいていた。

お美代は僅かに微笑んだ。

「で、どうだい気分は……」

「お嬢さまのお蔭でさっぱりしました」

「そりゃあ良かった」

「秋山さま、そちらの方は……」

お美代の視線が、幸吉に向けられていた。

「幸吉かい……」

「やはり秋山さまの……」

「ああ、お艶殺しの件で、お前を見張っていたんだよ」

久蔵の背後にいた幸吉が、お美代に小さく頷いて見せた。

「お艶さんですか……」

「懲らしめたそうだな……」

「ええ。あの夜、男と遊んで帰って来たお艶さんを手拭に包んだ石で……」

「殴ったのかい……」

「ええ、後ろから思いっきり……」

お美代には、後ろめたさも悔やみもなかった。事実を淡々と語った。

あの日、お美代は谷中八軒町に住む錺職人を訪れ、頼まれた誂《あつら》え簪の注文をした。お美代はその帰り道、料亭『水月』に入るお艶を目撃した。そして、すぐ後に初次郎が来るのに気付き、物陰に隠れた。

お艶は文吉を追い出し、相変わらず初次郎と逢引きをしているのだ。

お美代は文吉が哀れに思えた。

初次郎は、『水月』の前で警戒するように辺りを見廻した。咄嗟にお美代は物陰から離れた。

お美代はお艶の相手が、『一念堂』の若旦那三之助とは知らず、初次郎だと思い込み続けていた。

「で、丸菱の前で帰ってくるお艶を待ち伏せしたんだな」

「居酒屋でお酒を飲んでいるうちに、次第に殺してやりたいと思いましてね……」

お美代の秘めた憎しみが、灰の下から出された埋み火のように赤く燃え上がったのだ。

「そして殴り殺したか……」

「いいえ、殺せなかったんです」

淡々と告白していたお美代が、僅かに悔しさを窺わせた。

「殺せなかった……」

「はい。私がお艶さんを殴ったのは、丸菱のお店の前です。でもお艶さん、神田川に落ちて死んでいた……」

久蔵はお美代の云いたい事が分かった。

「って事は、お艶は殴られても気を失っただけで、その後、気を取り戻して立ち上がり、神田川に落ちて溺れ死んだってのかい……」

「きっと……」

お美代の白い顔に悔しさが滲んだ。

「お艶が店の前に倒れたのに、間違いはねえんだな」

「はい。私、本当に殺してやりたかった。でも、お艶さんは死なず、懲らしめただけでした……」

何の装いも繕《つくろ》いもなかった。

「秋山さま……」

幸吉が眉を顰めていた。

もし、お美代の供述が事実なら、お艶は殴り殺されたのではなく溺れ死んだ事になる。そして、それはお美代の推測通りなのか、それとも誰かに落とされたのかも知れない。もし後者だとしたら、誰がお艶を神田川に落としたのかだ。

「ところでお美代、どうして酌婦の真似なんかしたんだい」

「夜、一人でいると無性に淋しくなりましてねえ……」

お美代は微かに笑った。微かな笑いには、淋しさが込められていた。

久蔵は埋み火を見た。次の瞬間、お美代の笑みは、苦しげな咳に変わった。

「義兄上……」

「うむ。休ませてやってくれ……」

久蔵はお美代を香織に任せ、幸吉を連れて店に出た。

「どう思う、幸吉……」

「本当ならお艶の息の根を止めた奴が、別にいるって事ですね」

「ああ……」

「どうします」

「幸吉、朝になったら、お美代の事を文吉に報せてやれ」

「文吉に……」

「最期を看取って貰いてえ。きっとそいつがお美代の願いだ」

「秋山さま……」

「嫌だと抜かしても遠慮はいらねえ……」

久蔵は厳しく言い放った。

「分かりました。文吉、何がなんでも連れてきますよ」

「そして、文吉が来たら香織を屋敷に送ってやってくれ」

「承知しました」

久蔵は『京屋』を後にした。

護国寺は灰色の空に黒々と浮かび、音羽の町は夜明けを静かに待っていた。

久蔵は江戸川に向かい、音羽町の真っ直ぐな往来を足早に進んだ。早咲きの桜の花びらが飛来し、朝露に濡れて落ちた。


文吉は、革袋の形を整えていた鏝《こて》を握り締め、振り向いた。その顔には、驚きより困惑が浮かんでいた。

「……お美代さんが血を……」

「ああ、昨夜な。構わなかったら一度、見舞いに行ってやっちゃあくれねえか」

「へい……」

文吉は返事をしながらも、立ち上がろうとはしなかった。

「文吉さん……」

幸吉は文吉を窺った。

文吉は鏝を使い、再び革袋の形を整え始めた。

「お美代さんの処に行かないんですかい」

「今、御贔屓さまの急ぎの仕事がありますので……」

「何処の誰だい、御贔屓さま。構わなければ俺が行って訳を話し、遅らせて貰ってくるぜ」

文吉は幸吉に背を向け、返事もせずに仕事を続けた。

幸吉に苛立ちが湧いた。

文吉……。

お美代がお艶を襲った原因は文吉にある。己が我慢すれば事は治まるとした文吉の態度が、お美代をお艶襲撃に駆り立てたのだ。

文吉は背を向け続けた。

幸吉の苛立ちが、怒りに変わるのに時はいらなかった。

「文吉、一緒に来て貰うぜ」

幸吉は文吉の襟首をつかみ、まるで咎人《とがにん》を捕らえた時のように引きずった。

「や、やめてくれ……」

「煩せえ。音羽まで引きずっていってやる」

幸吉は文吉の頬を張り飛ばし、尚も乱暴に引きずった。

「すまない。行く。行くよ……」

幸吉は文吉の襟首から手を離した。

文吉は涙を零していた。零れる涙は、お美代の為のものだった。そして、文吉はすれ違う人の怪訝な眼差しを気にもせず、泣きながら音羽に急いだ。


船宿『笹舟』の朝の台所では、伝八たち船頭や奉公人たちが賑やかに朝飯を食べていた。

「美味そうだな」

勝手口に久蔵と勇次がいた。

「これは秋山さま……」

驚いた伝八が、箸と丼飯を手にしたまま立ち上がった。

「伝八の父っつぁん、俺にも朝飯、食わせてくんな」

「そりゃあ構いませんが、飯と汁、惣菜は鰺の干物に野菜の煮物ぐらいですよ」

「上等じゃあねえか」

久蔵は船頭たちの間に座り、丼に盛られた漬物をつまんだ。

「いい味だな……」

「お時《とき》さん、秋山さまの膳を用意しな」

台所女中のお時が、慌てて鰺の干物と煮物を載せた膳を用意し、久蔵の前に置いた。そして、勇次が湯気の立ちのぼる丼飯と汁を持って来た。

「いただくよ」

久蔵が船頭たちと飯を食べ始めた時、弥平次と女将のおまきが駆け付けてきた。

「秋山さま……」

「おう、親分。話は腹ごしらえをしてからだ」


袋物屋『丸菱』は、初次郎を幼い米吉の後見に迎え、お艶が生きていた頃と変わらぬ商売をしていた。

岡っ引の牛込の房吉が、下っ引の松助と仙太を従えて『丸菱』を訪れたのは、巳の刻四つ時を過ぎた頃だった。

「これはこれは、牛込の親分さん……」

初次郎はいきいきとした笑顔で現れた。それは、『丸菱』を手に入れた嬉しさに他ならなかった。

「おう、初次郎さん、ちょいと自身番まで来てくれねえかい」

房吉の言葉は固く冷たかった。

初次郎の顔に、いきいきとした笑みに変わって不安が滲んだ。


神楽坂の自身番は、坂をあがった深川六間堀代地岩戸町にあった。

初次郎は、待っていた弥平次によって奥の板の間に座らされた。板の間の壁には、咎人を繋ぐ鉄の環がはめ込まれている。房吉が配下の松助や仙太と、初五郎の周囲を固めた。明らかに取調べの態勢だった。

「秋山さま……」

房吉が障子の奥に声をかけた。

「おう、連れてきたかい……」

久蔵が和馬を従え、障子を開けて現れた。

「お前が丸菱の初次郎かい……」

久蔵は親しげに笑いかけた。

「左様にございます」

「南町の秋山久蔵だ……」

剃刀久蔵……。

初次郎の背筋が冷たく強張った。

「お前、気を失って倒れていたお艶を神田川に放り込んだな」

久蔵はいきなり斬りつけた。

初次郎は震え、満面を汗に濡らした。

「色と欲との二股かけて、とどのつまりは欲を選んだ。そうだな……」

剃刀の切れ味は、容赦のない鋭さを見せた。

初次郎は平伏し、激しく震えながら泣き出した。否定も抗いも出来ない切れ味だった。

「初次郎、お艶を神田川に放り込んだのは、まだ生きていたからだな」

「はい……」

初次郎は泣きながら頷いた。

「房吉、どうやらお艶の息の根を止めたのは、初次郎に決まりだぜ」

あの夜、駕籠に乗っているのが『一念堂』の三之助だと気が付いた初次郎は、慌てて『丸菱』に急いだ。

お艶の不実を責め、『丸菱』での立場を少しでも良くしようと思ったのだ。だが、お艶は何者かに殴られ、店の前で気を失って倒れていた。

死んでいる……。

初次郎はそう思うと同時に、『丸菱』が手に入るとも思った。だが、お艶は気を失っただけで死んではいなかった。

「お艶……」

初次郎の呼びかけに、お艶は苦しく呻いた。

「しっかりしろお艶……」

「三之助さん……」

お艶が呻きながら三之助の名を呼んだ。

殺す……。

初次郎は咄嗟に決意した。

お艶の身体は、ずっしりと重かった。初次郎はお艶を抱き上げ、暗い神田川に投げ込んだ。舞い上がった波飛沫が、月明かりに白く輝いて散った。

初次郎はお艶殺しを認めた。

桜の花が咲き誇っていた。

隅田川の土手、上野寛永寺、御殿山など江戸の桜の名所は、花見客で賑わっていた。

お美代が倒れて四日が過ぎていた。あの日以来、小間物屋『京屋』は店を閉めていた。文吉は付きっ切りでお美代の看病をしていた。お美代は透き通るような安らぎを浮かべて、文吉の看病を受けていた。文吉はお艶の入り婿になった後ろめたさを棄て、お美代の看病に没頭した。幼馴染みの二人に、初めて静かで優しい時が訪れた。

久蔵はお美代の罪を無視した。

たとえ殺せはしなくても、お美代が殺意を抱いてお艶を殴ったのは事実であり、罪はある。だが、労咳で死を待つだけのお美代には、罪を償う時はすでにない。

久蔵はお美代と文吉を見守った。

桜の花が散り始めた頃、お美代の病状は僅かに回復した。

お美代は文吉に支えられて縁側に座り、庭の桜の古木に咲き誇る花を眺めた。

「綺麗……」

お美代は文吉に背を預け、舞い散る桜の花びらを浴びて子供のように喜んだ。

桜の花は人を陽気に狂わせる……。

お美代の病は、咲き誇る桜に狂ったのかもしれない。

お美代は文吉に背を支えられ、舞い散る桜の花びらを浴び続けた。

散る桜の花びらが、吹き抜ける風に舞ってお美代と文吉を包んだ。

「寒くないか、お美代……」

お美代の返事はなかった。

「お美代……」

文吉の呼びかけにお美代の返事はなかった。お美代は死んだ。桜の花びらを浴び、優しく微笑みながら息を引き取っていた。

「お美代……」

文吉はお美代を抱き締め、すすり泣いた。

桜の花びらは、風に舞い散り続けた。

その日の夕暮れ、久蔵は八丁堀の屋敷を訪れた弥平次にお美代の死を知らされた。

「そうかい。お美代、桜を見ながら死んだかい」

「はい。文吉に抱かれて……幸せな死に方だったといっていいでしょう」

「ようやく消えたかい……」

「何がですか……」

「埋み火だよ」

「埋み火……」

「ああ、お美代が長い間、灰の下で燃やし続けてきた埋み火だよ……」

風に吹かれた桜の花びらが、座敷に舞い込んできた。久蔵は掌に花びらを受け止めた。淡い紅色の可憐なひとひらだった。久蔵は花びらをそっと吹き飛ばした。

花びらは宙を舞い、風に乗って夕暮れの空に飛び去った。

お美代の埋み火はようやく消えた。

第四話

密告

一

卯月《うづき》――四月。

朔日《ついたち》は綿入れから袷《あわせ》に替わる衣替え、八日はお釈迦《しやか》さまの灌仏会《かんぶつえ》、つまり花祭りである。

藤の花が紫色の房を揺らし、初鰹《はつがつお》が出回り始めていた。

岡っ引の柳橋の弥平次は、日本橋の通りを数寄屋橋御門内にある南町奉行所に急いでいた。

「親分、秋山さまの急ぎの御用ってのは、一体何なんでしょうね」

下っ引の幸吉が、背後から心配そうな声をかけてきた。

「さあな……」

弥平次は平静を装ったが、その胸には不吉な予感が湧いていた。

南町奉行所吟味方与力秋山久蔵は、弥平次を御用部屋に招き入れ、一枚の書類を見せた。

「これは……」

「遠島《えんとう》の刑を受けていて、今度赦免《しやめん》される者たちだ」

書類には、数人の名が記されていた。その中に、『新島、江戸深川 蛤 町 髪結《はまぐりちようかみゆい》
新三《しんざ》』の名があった。

「……蛤町髪結新三……」

弥平次は緊張した。

「秋山さま……」

「八年前、親分が捕まえて、新島に島流しになった髪結崩れの遊び人の新三だ」

「あの新三が、御赦免になって戻ってくるんですか」

「ああ、上さまの三の姫さんが、加賀さまの若さんに輿入れするのが決まってな。

恩赦って奴だぜ」

「戻ってくるのは、いつですか……」

「三日後の筈だが、相手は船だ。お天道さま次第でどうなるやら……」

「三日後……」

「一応な。ま、幾ら獣のような悪党でも、八年かけて罪を償ってきたんだ。少し

は真っ当になっているかもしれねえ……」

「秋山さま、新三は根っからの悪、死ぬまで真っ当にはなりゃあしませんよ」

「俺もそう思っているさ。だが、何もしねえのに捕り押さえる訳にもいかねえ。くれぐれも気をつけるんだな……」

「はい……」

八年前、髪結崩れの遊び人の新三は、賭場の揉め事で博奕打ちを殺し、逃亡した。そして、弥平次に追い詰められて捕らえられた。

新三は人殺しの大罪を犯したが、相手が無宿者の博奕打ちだったのが幸いし、死罪を一等減じられ、遠島の刑になった。

遠島は公儀の正刑であり、武士や町人、男女の区別なく行われた。因《ちな》みに、名奉行と称された大岡越前守忠相《おおおかえちぜんのかみただすけ》の実の兄は、五代将軍綱吉の勘気に触れ、八丈島に島流しになっている。

公儀の『御定書《おさだめがき》百箇条』によれば、「江戸より流罪者は、大島、八丈島、三宅島、新島、神津島《こうづしま》、御蔵島《みくらじま》、利島《としま》の七島に遣わし、京、大坂、西国、中国より流罪の分は薩摩、五島の島々、隠岐《おき》、壱岐《いき》、天草郡江遣わす」と、流刑地を定めていた。

新三が送られた新島は、比較的刑の軽い者の流刑地であった。

新三が江戸に戻ってくる……。

弥平次は不吉な予感が、現実のものになるのを知った。

「親分、秋山さまの御用……」

門内の腰掛で待っていた幸吉が、弥平次の緊張に溢れた顔を見て言葉を呑んだ。

「幸吉、雲海坊たち皆に今晩、笹舟に来るように伝えてくれ」

「へい。で、親分は……」

「俺か、俺はちょいと鉄砲洲に行ってくる」

「鉄砲洲ですか……」

「ああ、じゃあ頼んだぜ」

南町奉行所を出た弥平次は、足早に鉄砲洲に向かって行った。

「お気を付けて……」

幸吉は、弥平次の後ろ姿を心配げに見送った。托鉢坊主の雲海坊、鋳掛屋の寅吉、飴売りの直助、夜鳴蕎麦屋の長八たち手先の皆を『笹舟』に呼び集める事は滅多になかった。

今、手先を全員集める程の事件は起きていない。だが、久蔵に密かな探索を命じられたのかもしれない。いずれにしろ、弥平次の緊張は、尋常なものではなかった。

幸吉は得体の知れぬ不安を覚えた。


鉄砲洲とは、京橋川の河口の中洲を埋め立てた地であり、佃島《つくだじま》や石川島と海を挟んで向かい合う一帯をいう。その名の謂われは、中洲が鉄砲の形をしていたからという説と、大筒の試し撃ちをしたからだというものがある。

弥平次は京橋川八丁堀沿いを東に進んだ。やがて潮の香りが漂い、空を舞う鷗《かもめ》が見えてきた。八丁堀に架かる中ノ橋を右手に見てなおも進むと稲荷橋があり、江戸湊を望む鉄砲洲波除稲荷《なみよけいなり》があった。

鉄砲洲波除稲荷の隣りの本湊町《ほんみなとちょう》が、弥平次の行き先だった。

昼間の海辺の町は、潮騒と遊ぶ子供の賑やかな声が溢れていた。

弥平次は一軒の家の裏手に廻った。その家の狭い庭では、女房らしい女が洗濯物を干していた。お袖《そで》だった。

お袖……。

八年振りに見るお袖は、大工の女房としての落ち着きを見せていた。そして、風に揺れる洗濯物の中には、小さな男の子の着物もあった。

お袖に男の子が生まれている……。

弥平次は八年という歳月の重さを感じた。

「おっ母ちゃん、腹減った」

五歳ほどの男の子が、駆け込んできてお袖の前掛けを引っ張った。お袖の子は手足や着物を泥に汚し、見るからに元気な子供だった。

「はい、はい。じゃあ春吉《はるきち》、井戸で手足を洗っておいで」

「うん」

春吉と呼ばれた男の子は、素直な返事をして井戸端に走っていった。お袖は微笑んで春吉を見送り、家に上がっていった。

お袖の子の春吉は、元気で素直な男の子だった。弥平次は、そんな春吉からお袖の幸せを見て取った。

お袖の幸せを壊させはしない……。

弥平次は己に誓った。

八年前、神崎和馬はまだ南町奉行所定町廻り同心になっていなかった。

「髪結の新三ですか……」

和馬は怪訝な面持ちで久蔵に尋ねた。

「ああ、今度の御赦免で江戸に戻って来る」

「……そいつが何か」

「柳橋に捕まった野郎でな、恨んでいやがる」

「柳橋の親分をですか……」

「いいや、女房だったお袖って女だ」

「女房だった女を……」

「ああ。八年前、新三の野郎は賭場の揉め事で博奕打ちをぶち殺し、柳橋に追われて逃げ廻ってな……」

その時、弥平次は新三の女房お袖を見張り、現れるのを待った。

お袖は悲惨な暮らしを強いられていた。昼間は大店の女中として働き、夜は新三に無理矢理に客を取らされていた。新三はお袖がそうして稼いだ金を取りあげ、博奕や遊びにつぎ込んでいた。新三はお袖の亭主というより、女を食い物にする悪辣なひもなのだ。

弥平次はお袖に同情し、新三にお上の裁きを受けさせ、自由の身になるべきだと熱心に勧めた。お袖は弥平次の説得を受け入れ、新三の隠れ家を教えた。

弥平次は新三の隠れ家を襲った。

新三の抵抗は凄まじかった。だが、弥平次は逃がすわけにはいかなかった。隠れ家を知っているのは、女房であるお袖しかいないのだ。新三が、自分を売ったのがお袖だと気付くのに時はかからない。弥平次は必死に闘い、新三をどうにかお縄にした。

「お袖、亭主を売りやがって、必ずぶち殺してやる」

新三は狂ったように叫び、島送りになった。弥平次の誤算は、新三が死罪ではなく遠島になり、恩赦になった事だった。

「……新三、江戸に戻ってきたらお袖の命を狙いますか……」

「命を狙うかどうかは分からねえが、恨みを晴らそうとするのは間違いねえだろう」

「この事、柳橋の親分は……」

「勿論、知っている」

「そうですか……」

おそらく弥平次は、命を懸けてお袖を護るだろう。それが、密告させた岡っ引の務めであり、弥平次の人としての生き方なのだ。

「万一、お袖が殺されたら、柳橋は十手を返して新三を殺す……」

「秋山さま……」

「和馬、柳橋に新三を殺させちゃあならねえ」

「ですが……」

「殺《や》る時は俺が殺る……」

久蔵は不敵に言い放った。


隅田川から吹く風は湿り気を含み、雨はいつ降り出してもおかしくなかった。

船宿『笹舟』の座敷には、主の弥平次と下っ引の幸吉の他に寅吉、直助、長八、雲海坊が顔を揃えていた。

弥平次は八年前の一件を話した。

幸吉と寅吉たち手先は、出されている酒も飲まずに弥平次の話を聞いた。

「髪結の新三ですか……」

鋳掛屋の寅吉が、思い出したように呟いた。

「覚えているかい寅吉……」

「へい。あっしが親分に拾われた時分の事件で、長八さんと一緒に随分お袖さんを見張りましたよ」

「覚えている。気の毒な女だった……」

長八は冷え切った酒を啜った。

寅吉と長八は、弥平次の手先の中でも古参であり、新三とお袖を覚えていた。

下っ引の幸吉、直助、雲海坊たちは、まだ弥平次の手元にはいなかった。

弥平次の話が終わるのを待ち兼ねたように雨が降り出し、女将のおまきが仲居たちと新しい酒と料理を運んできた。

「到頭《とうとう》、降り出しましたよ」

「雨か……」

弥平次は苛立ちを覚えた。

「お前さん……」

おまきが、弥平次の気持ちを見透かしたように酌をした。

「さあ、みんなも遠慮しないでね」

おまきは仲居を連れて出て行った。

弥平次は酒を飲んだ。酒の味は苦く、酔いは感じなかった。それは、知らぬ内に緊張している証拠だった。

雨は激しくなった。

「……三日後、新三が戻る……」

弥平次は酒を飲んだ。

お袖は新三が新島に送られた後、弥平次の紹介で江戸で五本の指に入る大工『大清』の棟梁《とうりよう》清兵衛の家に女中として奉公した。その時、弥平次はお袖に告げた。新三は勿論、自分の事も忘れろと告げた。以来、弥平次はお袖に逢わず、陰ながら見守ってきた。そして二年後、お袖は『大清』の腕利き大工・文七と本湊町に新所帯を構えて春吉を生んだ。

新島に送られた新三が、その後のお袖の情況や居場所を知っているとは思えない。だが、油断はならない。

「親分、あっしは明日から本湊町で店を開きますよ」

寅吉の言葉に長八が続いた。

「夜は引き受けました……」

本湊町はお袖が所帯を持っている町だ。寅吉と長八は、鋳掛屋と夜鳴蕎麦屋を開いて昼夜を問わずお袖を見張り、新三が近付くのを警戒する。

「よし、繋ぎは直助にやって貰おう」

「へい……」

「でしたら親分、俺は新三を……」

「ああ、新三は雲海坊の顔を知らない。付け廻すのに造作はなかろう」

「任せて下さい……」

「新三がお袖を探さないならそれで良し、だが探し始めた時は容赦はしねえ……」

弥平次の顔は、別人のように暗かった。

次の瞬間、蒼白い稲妻が閃き、雷鳴が轟いた。雨は一段と激しく降り、隅田川の水面《みなも》を叩いて飛沫をあげた。


赦免船は、七人の男たちを乗せて桟橋に着いた。

七人の男たちは、恩赦を受けた幸運な流人だった。その中に髪結の新三がいた。

八年の歳月は、新三の様子を変えていた。夜に蠢《うごめ》いていた青白い顔は、島の日差しに焼けて無精髭に包まれ、月代《さかやき》は髪に覆われていた。だが、その眼は昔通りの凶暴さを秘め、口元は狡猾《こうかつ》さに歪んでいた。

流刑は労役を課せられないが、暮らしの保障はない。流人たちは流刑地に着くと「渡世勝手次第」を告げられて自給自活を強いられる。流刑地の島は、島民が暮らすのにも難しい環境にあり、流人が生きていくには厳しかった、だが、新三は生き抜いた。そこに新三の底知れぬ強《したた》かさが窺えた。

新三は赦免の手続きを終え、船着場を出た。そして、行く手に立つ人影を見て嘲笑を浮かべた。行く手にいた人影は、岡っ引の弥平次だった。

「こりゃあ親分、お久し振りで……」

新三は腰を低くし、上目遣いに弥平次を見た。

「新三、お前も達者でなによりだ……」

「へい。お蔭さまで、御覧の通り立派に罪を償ってまいりましたよ」

新三の眼が、不気味な底光りをみせた。

「そいつは良かった。ま、これからは昔の事は何もかも綺麗に忘れ、生まれ変わって暮らすんだな」

「へい……」

その時、先に船着場を出た流人が、迎えに来た人々に囲まれて新三を呼んだ。新三は振り返って返事をした。

「じゃあ親分、御免なすって……」

新三は弥平次に嘲るような一瞥を残し、先に出た流人と一緒に立ち去った。

何も変わっちゃあいない……。

新島での八年間は、新三にとって何の役にも立たなかったようだ。

弥平次は虚しさを感じると同時に、新たな闘志を湧かせた。


新三と一緒に江戸に戻った流人は辰次《たつじ》といい、本所竪川《たてかわ》二つ目橋林町にある口入屋『潮屋』の親方万造《まんぞう》の弟だった。

新三と辰次は新島で親しくなり、悪党同士助け合って生き抜いてきた。女房に売られた新三が、江戸に戻ったところで落ち着く場所はない。辰次は、行く当てのない新三を『潮屋』に誘った。

新三は『潮屋』に厄介になる事に決め、辰次や迎えの若い衆と一緒に永代橋を渡り、本所に向かった。行き交う人々は、新三と辰次たちを恐ろしげに一瞥した。

その後ろを、破れた饅頭笠《まんじゅうがさ》に薄汚い衣を纏った托鉢坊主が、経を読みながら見え隠れに続いていた。

雲海坊だった。

新三と辰次たちは、隅田川沿いの道を北に進み、小名木川に架かる万年橋に差しかかった。その時、網代笠《あじろがさ》に着流しの武士が、新三と辰次たちの行く手を遮るように現れた。

新三と辰次たちが、怪訝に立ち止まって身構えた。

「お侍、何か用ですかい……」

若い衆たちが、着流しの武士を探るように睨みつけた。

「ああ、ちょいと新三にな……」

新三は微かに動揺し、着流しの武士が誰か見定めようとした。

「新三、無事に江戸に帰れたなんてめでたい話だぜ……」

「……お蔭さまで……」

新三は着流しの侍が誰か探った。

「だがな、次に悪さをすれば、その首、すぐに叩き斬られると覚悟しておくんだな」

「お侍さまは……」

「俺かい、俺は南町の与力秋山久蔵って者だよ。覚えておいてくんな」

久蔵は網代笠を取り、不敵な笑顔を見せた。

剃刀久蔵……。

新三と辰次たちは思わず怯んだ。

「いいな新三、いい子にしているんだぜ」

久蔵は新三に笑いかけ、辰次たちの間をゆっくりと割って通った。

新三と辰次たちが、恐ろしげに久蔵を見送った。

久蔵は振り返りもせずに進み、佇んで経を読んでいた雲海坊の傍らを通り抜けた。

「御苦労だな……」

「南無阿弥陀仏……」

「俺は真言宗だと云った筈だぜ」

「南無大師遍照金剛……」

雲海坊は臨機応変に宗旨を変えた。

久蔵は苦笑し、その場を離れた。

新三と辰次たちは、万年橋を渡って六間堀沿いを足早に進み、本所竪川二つ目橋林町にある口入屋『潮屋』に入った。

尾行してきた雲海坊が、物陰に潜んで見送った。

「口入屋の潮屋か……」

背後から和馬の声がした。

雲海坊は驚いて振り返った。和馬が脱いだ羽織を肩にし、面白そうに笑っていた。

「和馬の旦那……」

「尾行させてもらったぜ」

「要領のいい旦那だ……」

雲海坊は苦笑した。

「さあて、どうする……」

「どうするって、和馬の旦那……」

「聞いて廻るんだろう、潮屋の評判。その間、俺が見張っているぜ」

和馬と雲海坊は、落ち合う場所などを打ち合わせして別れた。

久し振りに飲んだ酒は、新三の胃の腑《ふ》に滲《し》み渡った。

「何はともあれ、めでてえ話だ」

辰次の兄の潮屋万造は、弟と新三の無事な帰還を喜んだ。

「親方、お言葉に甘えて辰次さんに付いてきました。勘弁しておくんなさい」

「なあに、お前さんは島で病になった辰次の面倒を見てくれた命の恩人。何の遠慮もいらねえ、のんびりするがいいさ」

「へい、ありがとうございます……」

「ところで兄貴、今、何をしているんだい」

「何って、潮屋は口入屋よ。普請場の人足に渡り中間《ちゅうげん》、人を廻しているのさ」

「ふん、そいつは表稼業、裏だよ裏……」

「裏……」

「ああ。新三、何にでも表があれば裏があるって事だぜ」

「ふん。新三さん、どんな大店や御大身《ごたいしん》にも他人には云えねえ弱味があるもんさ」

「弱味、ですかい……」

「ああ、金のありそうな大身旗本が中間を頼んできたら、息のかかった野郎を送り込んで弱味を探る……」

「そして、脅しをかけて金を戴く、面白いだろう」

「ああ……」

「どうだい新三さん。落ち着いたら手伝っちゃあくれねえかい」

「親方、あっしにはたった一つ、やりてえ事がありましてね。そいつが片付けば、盃を戴きてえと思っておりやす。あっしの方こそ宜しくお頼み申します」

新三は万造に深々と頭を下げた。

「兄貴、新三は手前を岡っ引に売った女房を探し出し、恨みを晴らそうってんだぜ」

「ほう。そいつは大変だ。で、その女房の居場所を突き止める手掛かり、あるのかい」

「いえ、何も……」

「そうか……勘助《かんすけ》」

次の間にいた勘助が返事をし、万造の前に進み出て来た。狐のような顔をした中年男だった。

「聞いての通りだ。浦島太郎の新三さんを手伝ってやりな」

「へい……」

勘助は暗い眼で新三に頭を下げた。

「新三さん、この勘助は昔、岡っ引の手先をしていてな。調べるのはお手の物よ」

「岡っ引の手先……」

「へい。大店の旦那の弱味を握って小遣いを戴きましてね。そいつがばれ、袋叩きにされて追い出されましたよ」

「何処の岡っ引です……」

「牛込の房吉……」

弥平次ではなかった。

「勘助さん、お世話になります……」

新三が新島で燻《くすぶ》り続けた恨みの炎は、ようやく燃え上がろうとしていた。

新三が帰って来た……。

寅吉、長八、直助は弥平次からの報せを受け、お袖の周囲に緊張した眼を光らせた。

帰ってきたばかりの新三が、お袖の境遇と住まいを知っているとは思えない。

だが、いつか必ず突き止めて現れる。

何も知らないお袖は、亭主の文七や一人息子の春吉と貧しいながらも幸せな暮らしをしていた。

お袖が気付かない内に片付ける……。

それが弥平次の願いであり、寅吉たち手先に課せられた役目であった。

寅吉たちは、江戸湊の潮風に吹かれながら張り込みを続けた。

二

その夜、南町奉行所臨時廻り同心蛭子市兵衛が、秋山屋敷を訪れた。

「屋敷にくるとは珍しいな。ま、一杯、やってくんな……」

久蔵は市兵衛に酒を勧めた。

「戴きます……」

市兵衛は素早く酒を飲み干した。一刻も早く、何かを話したい様子がありありと見てとれた。

「何かあったのかい」

「はい。旗本四百石、奥祐筆《おくゆうひつ》組頭岩城《いわき》左兵衛《さへえ》さまの十七歳になる若さんが病死しましてね」

「そいつは気の毒にと云いてえが、本当はなんで死んだんだい」

武家の病死には、素直に頷けないものが潜んでいる。特に十七歳の若い男の病死は、公表すれば家の恥になる秘密があっても不思議はない。

「首を括《くく》っての自害……」

「十七歳で首括りとは情けねえが、どうしてだい」

「それが、どうやら岡場所の女と深い仲になったのを、父親に知られたくなければ金を出せと脅されて……」

「首を括ったのかい……」

「ええ、都合百両もの大金を持ち出したのですが、父親の左兵衛さまに気付かれて……」

「百両ともなると、かなりしつこく脅されたようだな……」

「ええ……」

奥祐筆組頭とは、公儀の重要書類を扱う権威ある役目とされる。様々な願書や書類を精査し、大名旗本の役職人事や営繕土木の課役などにも意見を述べるので、賄賂《わいろ》や贈答品が届けられる旨味《うまみ》のある役目とされていた。

「何処のどいつだ、脅した野郎は……」

「そいつはまだ。ですが、若さん、清太郎《せいたろう》というんですがね。清太郎を岡場所に案内したのは、勘助って渡り中間だそうです」

「勘助って渡り中間な……」

「はい……」

「で、どうだったい、締め上げた首尾は」

「それが、とっくに行方知れず……」

「成る程、上手くはめられたな……」

「秋山さまもそう思いますか……」

「ああ。市兵衛、こいつは渡り中間一人で仕組んだ仕業じゃあねえ。他にも脅しをかけているな……」

「私もそう思います」

「だがな市兵衛、柳橋は当てにはできねえぜ」

「大丈夫です。岩城さまのお屋敷は下谷。話の出処は、鳥越《とりごえ》の卯之吉《うのきち》です」

鳥越の卯之吉は、若いながらも弥平次も認める岡っ引だ。

「よし、遠慮はいらねえ。詳しく調べてみな」

「はっ、心得ました」

久蔵の許しを得た市兵衛は、ほっと小さな吐息を洩らした。

香織とお福が、新しい酒と筍《たけのこ》の付け焼きを持ってきた。

「蛭子さま、お嬢さまがお造りになった筍の付け焼きにございます。どうぞお召し上がり下さい」

「こいつは美味そうだ。お福さん、出来れば飯も頂けませんか……」

女房に逃げられて長い市兵衛は、独り者の悲哀を見せた。


「潮屋、どんな口入屋だ……」

弥平次は雲海坊に冷静な眼を向けた。

「へい。普請場の人足、旗本の中間なんかが主な口入先です」

「渡り中間か……」

旗本御家人が、公儀から貰う扶持米《ふちまい》は泰平の世になってから滅多に増えはしなかった。だが、物価は嫌でもあがる。役目に就かない旗本御家人は、役料手当てが貰えないので暮らしは逼迫《ひっぱく》し、様々な内職や節約をした。節約は奉公人にも及び、中間は必要な時にだけ雇った。そうして雇われる中間を〝渡り中間〟といい、身元の怪しげな者も大勢いた。

「で、近所の評判、どうなんだ」

「親方の万造の弟の辰次が、新三と新島から帰ってきたぐらいです。良いわけはありませんよ」

「辰次、何をしたんだい」

「大店の娘を手込めにし、そいつを大っぴらにされたくなければ金を出せ。薄汚ねえ強請《ゆすり》たかりですよ」

「新三、そんな処に草鞋を脱いだか……」

「はい。それで和馬の旦那が、斜向《はすむ》かいの飯屋の二階を借りてくれましてね。今、幸吉の兄いが張り込んでいます」

「和馬の旦那が……」

「ええ、きっと秋山さまのお指図ですよ」

「ああ……」

久蔵が気にかけてくれている。弥平次は感謝せずにはいられなかった。

「さあて、新三の野郎、明日から何をする気なのか……」

「とにかく眼を離すんじゃあない」

「へい。心得ております」


翌朝、口入屋『潮屋』は、日雇い仕事を求める人々で賑わっていた。そして、その賑わいが落ち着いた頃、一人の男が出かけていった。斜向かいの飯屋の二階から監視していた幸吉が、出かけた男を見て怪訝に首を捻った。

「どうした兄い……」

雲海坊が朝飯の箸を休めた。

「う、うん。見覚えのある顔の野郎が、潮屋から出て行ってな……」

「潮屋は悪党の巣、何処かの賭場で見かけた三下じゃあないのかい」

雲海坊は忙しく箸を動かした。

「ま、そんなところだろうぜ……」

出かけて行った男は、岡っ引の牛込の房吉の手先崩れの勘助だった。この時、幸吉と雲海坊は、勘助がお袖の行方を追い始めた事に気付く筈もなかった。

半刻後、新三が辰次と現れ、若い衆をお供に出かけて行った。幸吉と雲海坊が、素早く尾行を開始した。

新三と辰次は、五間堀弥勒寺橋《ごけんぼりみろくじばし》を渡り、真っ直ぐ進んで小名木川と仙台堀を越え、深川に入った。

「こいつは島の垢《あか》落としだぜ」

「いや、新三が親分に捕まった時、野郎はお袖と蛤町に暮らしていた」

「蛤町なら一の鳥居の向こうか……」

「ああ、お袖を探す気かもしれねえ」

幸吉と雲海坊は慎重に尾行した。

新三と辰次は、富ヶ岡八幡宮の一の鳥居のある往来に抜けた。その往来を左手に進むと富ヶ岡八幡宮になり、突っ切ると蛤町になる。

幸吉と雲海坊は新三たちを追った。

新三たちは左に曲がった。

左には八幡宮とその門前町となり、岡場所があった。

「垢落としだ……」

「ああ、どうやらそうらしい……」

幸吉と雲海坊は、少なからず落胆して緊張を解いた。新三と辰次は、一軒の女郎屋に賑やかにあがっていった。

幸吉と雲海坊は知らなかった。手先崩れの勘助が、すぐ先の蛤町でお袖を捜し始めたことを。


深川蛤町の名は、その昔三代将軍家光《いえみつ》が訪れた時、漁師たちが蛤を献上したところから付けられたとされていた。

蛤町は堀割に囲まれ区切られており、町の片隅に古い長屋があった。古い長屋は堀割の傍にあり、潮騒と潮の匂いに包まれていた。

勘助は八年前の事を調べ廻った。だが、古い長屋には、既に八年前を知る者は誰一人として住んではいなかった。

勘助は、古い長屋を中心に調べる範囲を広げていった。


古びた鍋の底には、針の先ほどの小さな穴が開いていた。寅吉は鞴《ふいご》で火を熾《おこ》し、根気良く鍋底の穴を塞いでいた。

飴売りの直助の売り声が、路地の向こうから長閑に響いてきていた。

洗濯を終えたお袖が現れ、春吉の名を呼んだ。春吉が、直助の飴売り声のする路地から駆け出してきた。

「なんだい、おっ母ちゃん」

「森田屋さんに内職物を届けにいくよ」

「うん」

お袖は風呂敷包みを抱え、春吉の手を引いて八丁堀沿いの道を京橋に向かった。

「寅吉っつぁん……」

「ああ……」

直助は飴売り道具を置き、寅吉の笠を被ってお袖と春吉を追った。寅吉は飴売り道具に風呂敷をかけて隠し、お袖の家に来る者を見張った。

お袖と春吉は手を繋ぎ、八丁堀沿いの道を楽しげに進んだ。楓川に架かる真福寺橋を渡り、京橋の橋詰を左に折れ、銀座町二丁目の呉服屋『森田屋』に入っていった。

お袖の内職は飾り結びだった。飾り結びとは、几帳《きちよう》や御簾《みす》、刀や鎧《よろい》の武具、茶の湯の道具、そして羽織や帯などに使われる物である。お袖は『森田屋』に頼まれ、羽織紐や被布《ひふ》の飾り結びなどを作っていた。

飾り結びの出来は良いらしく、お袖は次の仕事を貰い、春吉の手を引いて『森田屋』を後にした。そして、京橋の橋詰にある茶店で草団子を食べ、買物をして家路についた。

「変わった事はないようだな……」

監視する直助の背後に弥平次がいた。

「こりゃあ親分、仰る通りで……」

草団子を食べたお袖と春吉は、銀座町に並ぶ店で買物をして家路についた。

京橋川八丁堀沿いの道は、明るい日差しに溢れていた。

「向こう横町のお稲荷さんへ、壱銭上げて、ちゃんと拝んで、お仙の茶屋へ、腰をかけたら渋茶を出して……」

春吉が元気良く手毬唄《てまりうた》を歌い出した。

「渋茶よこよこ、横目で見たらば、米の団子か、お団子、団子……」

お袖が微笑み、春吉に声を合わせた。

『向こう横町の』の童歌は、明和《めいわ》の頃に谷中の笠森稲荷《かさもりいなり》の茶店『鍵屋』の娘お仙の美しさを唄って流行ったものであり、江戸の子供たちの手毬唄であった。

お袖と春吉は、楽しさに満ち溢れていた。

ささやかな幸せ……。

二人にとって茶店で団子を食べて帰る道は、幸せで贅沢《ぜいたく》な時だった。

申の刻七つ半が過ぎると、職人たちの仕事仕舞いになる。

「長八が来るまで俺が見張る、店仕舞をしてくれ」

「へい……」

寅吉は弥平次に頷き、火を落として鞴を片付け始めた。四半刻が過ぎた頃、長八が夜鳴蕎麦屋の屋台を担いでやって来た。そして、その半刻後にお袖の亭主の文七が大工箱を担いで帰って来た。

父親を迎える春吉の声が、家の外にまで元気良く響いた。

お袖と家族の幸せを壊させはしない、必ず守ってやる……。

弥平次の顔は、長八が七輪に熾す火に照らされ、赤く染まった。

翌日、巳の刻四つ時、南町奉行所に出仕した久蔵を待っている者がいた。

待っていた者は、旗本相沢総兵衛《あいざわそうべえ》の弟の又四郎《またしろう》だった。相沢又四郎は、久蔵が心形刀流の剣術道場の師範代をしていた時の弟子であった。

「珍しいな、又四郎……」

「はい、無沙汰《ぶさた》をお許し下さい」

又四郎は深々と頭を下げた。

「改まりやがって、で、どうしたい」

久蔵は苦笑し、話を促した。

「はい。家の恥を晒《さら》しますが、実は我が兄が何者かに金を強請《ゆす》られておりまして……」

旗本が強請られている……。

久蔵は、市兵衛が探索を始めた事件を思い浮かべた。

「ほう、兄上は確か納戸方の組頭だったな」

「はい……」

納戸方とは、将軍の手元金、衣服、調度を管理出納し、大名旗本からの献上品や下賜《かし》品などを扱う役目であり、納戸頭の下僚である組頭は四百俵ほどの扶持米を貰っていた。

「で、何を脅されているんだい」

「それが半月ほど前、兄が囲っている女の処からの帰り道、得体の知れぬ者どもに襲われて袋叩きにされ、爪印を押した詫状を書かされましてね」

「そいつは酷《ひで》えな」

「はい。如何《いか》に武芸は不得手であっても、武士にあるまじき恥辱。我が兄ながら情けないの一語……」

又四郎は悔しさに歯ぎしりをした。

「で、そいつを公表されたくなかったら金を出せかい」

「はい。公表されれば相沢家は只ではすみません。それで相手のいう通り五十両……」

「だが、それじゃあ済まなかったな」

「仰る通り、また五十両出せと……」

「相手が誰か、皆目分からないのかい」

「はあ、金の受け渡しは兄がしまして……」

「成る程。又四郎、兄上は嵌《は》められたんだぜ」

「嵌められた……」

「ああ、おそらく得体の知れぬ奴らは、偶々《たまたま》兄上を襲ったんじゃあねえ。端《はな》から待ち伏せをしていたんだろうぜ」

「待ち伏せ……」

「又四郎、その日、兄上が女の家に行くのを知っていたのは誰だい」

「誰と云われても、家族や私はまったく知らぬ事でして……強いて申せば、供をした中間ぐらいですか……」

「中間……」

「はい……」

「そいつ、渡り中間だな」

「はい。ですが、ここ半年ほど雇っていた者ですので……」

「又四郎、甘い事を吐《ぬ》かしちゃあならねえぜ。渡り中間の名前、まさか勘助ってんじゃあるまいな」

「違います、金八《かねはち》って名の者ですが……」

「又四郎、その金八、どういう伝手《つて》で屋敷に来ているんだい」

「さあ、その辺のことは、用人の小林に任せておりますので……まさか秋山さま、金八が」

「いや、まだ何ともいえねえさ……」

「はあ……」

　又四郎は、素直で隠し事のできない性格だ。その又四郎が、金八に予断を持ったら必ず態度に表れるのは眼に見えている。

「又四郎、次に金を渡す日、いつなんだい」

「分かりません。報せが来る筈です……」

「そうか……よし、又四郎、何事も次の報せが来てからだぜ」

相沢総兵衛強請事件は、おそらく奥祐筆組頭岩城左兵衛の倅の自害の一件と同根なのだ。久蔵はそう睨んだ。そして、市兵衛と鳥越の卯之吉たちに、金八を密かに調べさせるつもりだ。それを成功させるには、素人の又四郎に下手な動きをされては拙い。

「安心しな、俺もやれるだけの事はやってみる」

「宜しくお願い致します」

又四郎は久蔵に深々と頭を下げ、帰っていった。

久蔵は又四郎を見送り、市兵衛を御用部屋に呼んだ。


幸吉と雲海坊は、飯屋の二階に張り込み続けた。だが、その日も新三は動かなかった。

新三に、お袖を探す気はないのかも知れない。

「って事は、親分の睨みと違い、新三の野郎、もうお袖を恨んでいねえって事かな……」

「ああ、かもしれねえな……」

幸吉と雲海坊は、張り込みに退屈さを覚え始めていた。だが、それは幸吉と雲海坊の油断に過ぎなかった。

三

手先崩れの勘助は、ようやくお袖を知っている者に出逢った。

八年前、新三が島送りになった後、お袖はいつの間にか長屋から姿を消した。

そして一年が過ぎた頃、日本橋大工『大清』で女中奉公をしているお袖が目撃されていた。

勘助は日本橋『大清』に急いだ。

大工『大清』は、日本橋平松町に大きな店を構えていた。『大清』には、主で棟梁の清兵衛以下、小頭と呼ばれる三人の棟梁と若い衆が八人ほどいた。小頭はそれぞれ二人の若い衆を率いて家普請を担当した。三人の小頭の一人が、お袖の亭主の文七だった。

勘助は『大清』の周囲に不審なところがないのを確かめ、慎重に探りを入れ始めた。

市兵衛と鳥越の卯之吉は、納戸方組頭相沢総兵衛恐喝事件の露見を喜んだ。

岩城左兵衛の倅の首括りの一件と確実に関わりがある……。

市兵衛と卯之吉は、久蔵に教えられた中間の金八を見張る事にした。

神田川小石川御門の前には、御三家水戸徳川家の江戸上屋敷があり、道は二股に分かれていた。神田川沿いの道と牛天神や無量院傳通院《でんづういん》に続く道だ。牛天神に行く道に進み、神田上水を越えると安藤坂になり、武家屋敷が甍《いらか》を連ねていた。

その中に、納戸方組頭相沢総兵衛の屋敷があった。

卯之吉の配下の者たちは、相沢屋敷を監視下に置き、中間の金八の動きを探った。

相沢屋敷には、親代々奉公している老下男がいた。老下男の茂助《もすけ》は、相沢家次男で部屋住みの又四郎を子供の時から可愛がり、世話をしている。

信用していい……。

卯之吉は老下男の茂助に近付き、屋敷内での金八の動きを探った。茂助の話では、金八に不審なところはなかった。だが、武家地は町奉行所の支配違いであり、市兵衛と卯之吉たちの探索は難渋を極めた。

「焦るな卯之吉、金八は金の受け渡しまでに必ず動く……」

市兵衛は持ち前の粘り強さを見せた。


新三の行動に不審なところはないが、その手は着実にお袖に迫っている。

老練な弥平次の勘がそう告げていた。だが、幸吉や寅吉たちから手応えのある報せはなかった。かといって、口入屋『潮屋』に押し入り、何の悪事も働いていない新三を捕える訳にはいかない。弥平次は少なからず焦った。


勘助の探索は、ゆっくりだが確実にお袖に近付いていた。

お袖が大工『大清』に台所女中として奉公し、六年前に小頭棟梁の文七に望まれて所帯を持った。そして、子供も生まれて鉄砲洲本湊町に住んでいるのを突き止めた。

「いましたかい……」

「ええ。どうです、行ってみますか……」

新三は慎重だった。

「いえ、あっしにはおそらく柳橋の弥平次の眼が光っています。出来るなら、ここはまだ勘助さんにお願いしたいんですが……」

新三の眼が狡猾な光を見せた。

「いいですぜ。じゃあ次はどうします」

勘助が薄く笑った。人をいたぶる喜びを滲ませた酷薄な笑いだった。

幸吉は気になり続けた。

口入屋『潮屋』に出入りする勘助が気になって仕方がなかった。

「また例の野郎ですかい……」

「昔、何処かで見た顔なんだが……」

「そんなに気になるなら、追ってみちゃあどうです」

雲海坊が大欠伸《おおあくび》をした。

「いいのかい……」

「ええ。新三の野郎は、どうせ俺たちを警戒して動きやしませんぜ」

新三は、危険を察知した獣のように『潮屋』に身を潜め、ほとぼりがさめるのをじっと待っているのだ。

「幸吉の兄い……」

窓から『潮屋』を見張っていた雲海坊が、幸吉を呼んだ。

「新三か……」

「いや、例の野郎が出かけて行きますぜ」

勘助だった。

「よし、後は頼んだ……」

幸吉は飯屋の階段を駆け下りた。


本所林町の口入屋『潮屋』を出た勘助は、公儀の御船蔵の前を抜け、長さ百十六間の新大橋を渡って三俣沿いの道を行徳河岸《ぎょうとくがし》に進んだ。そして、日本橋川を越えて霊岸島《れいがんじま》に入り、亀島川沿いに鉄砲洲に向かった。

鉄砲洲には、お袖の住む本湊町があった。

悪い予感がする……。

幸吉は尾行した。途中、勘助は何度か振り返り、何度か立ち止まって尾行を警戒した。
尾行に手馴れた野郎だ、只の三下じゃあない……。
幸吉は勘助の警戒を素早く躱し、懸命に尾行を続けた。
勘助は高橋を渡って亀島川を越え、稲荷橋を通って八丁堀から本湊町に入った。
悪い予感が当たったのかもしれない……。
幸吉は背筋に寒気を覚えた。
勘助は、海辺の町を探るように歩き廻った。
幸助は油断なく監視した。やがて勘助の動きは、一定の範囲に限られた。
この範囲の中に何かがある……。
幸吉は緊張した。
「幸吉の兄い……」
幸吉は、背後からの呼びかけに驚いて振り返った。
鋳掛屋の寅吉がいた。
「寅吉っつぁん……」
「勘助の野郎、どうかしたのかい……」
寅吉は、遊んでいる子供たちを見ている勘助を顎《あご》で指した。

「勘助……」

「ああ……」

「知っているのか、寅吉っつぁん」

「知っているかって、牛込の房吉親分の手先を務めていた野郎だよ」

房吉親分の手先を務めていた……。

「お役目で握った秘密で強請たかりを働きやがってな、房吉親分に袋叩きにされて追い出された手先の面汚しよ」

寅吉は吐き棄てた。

親分に拾われた頃、そんな事があった……。

幸吉は思い出した。

「寅吉っつぁん、ここは……」

「ああ、お袖さんの家の傍だ」

「お袖さんの家……」

「ああ、勘助とお前さんがうろうろしているのを見かけて、それで来てみたんだが。勘助の野郎、何をしたんだい」

「野郎、新三が草鞋を脱いだ口入屋にいやがるんだ……」

幸吉は思わずうろたえた。そして、幸吉は出し抜かれたのを知った。新三は自分が見張られていると感じ、勘助を使ってお袖の居場所を突き止めたのだ。

幸吉は悔やんだ。

子供たちは賑やかに遊んでいた。

勘助はやって来た飴売りを呼び止め、飴を一つ買った。飴売りは直助だった。

「みんなの中に大工の文七さんの子供はいるかい」

勘助は子供たちに飴を見せて尋ねた。

飴売りの直助が、勘助の払った文銭を巾着に入れる手を止めた。

一人の子供が進み出た。

「文七はおいらのお父っちゃんだ」

春吉だった。

「坊が文七さんの倅かい」

「うん」

直助は離れた処で飴売りの道具を整理しながら、勘助と春吉のやりとりを盗み聞いた。

「名前、なんていうんだい」

「春吉……」

「そうかい、春吉かい。飴をやるからおっ母ちゃんに言付け伝えてくれるかい」

「いいよ……」

「そうか、そいつは賢い……」

勘助は嬉しそうに笑い、飴を春吉に渡した。

「いいか春吉、おっ母ちゃんにな、新三が宜しくってな……」

「新三が宜しく……」

「ああ、そうだ。頼んだぜ」

「うん……」

春吉は小さな手で飴を握り、家に走った。

勘助は嘲笑を浮かべて春吉を見送り、身を翻した。飴売りの直助が尾行をした。

おそらく勘助は、新三の待つ『潮屋』に帰り、首尾を報せる筈だ。

幸吉は自分の迂闊《うかつ》さに怒りを覚えた。

次の瞬間、春吉の泣き声が響いた。そして、裸足のお袖が、血相を変えて飛び出してきて辺りを見廻していた。お袖の顔は、恐怖と怒りと哀しさに引き攣《つ》っていた。

新三が脅しをかけた……。

幸吉と寅吉は、すぐに事態を察知した。

「気の毒に……」

寅吉が淋しげに呟いた。

「寅吉っつぁん、この事を親分に知らせちゃあくれねえか」

「そいつは構わねえが、ここの張り込みはどうする」

「これから、ずっと俺が張り込むよ」

「幸吉の兄い、思い詰めちゃあならねえ。お袖さんの家が突き止められるのは、親分にはお見通しだよ」

「寅吉っつぁん……」

「だから、俺や直さんや長八を張り込ませた。違うかい……」

寅吉の云う通りだった。だが、幸吉は勘助を使い、子供の春吉を利用してお袖を脅す新三の薄汚さが許せなかった。

雲海坊は、飯屋の二階で暇を持て余していた。

新三に出かける気配はなく、時々『潮屋』の表を三下と一緒に掃除をするぐらいであった。その日、新三は一度ちらりと顔を見せたきり、表に出て来てはいなかった。そして、幸吉は出かけたきり、戻ってはいない。

雲海坊は、窓から口入屋『潮屋』の表になる通りを見下ろした。

幸吉の追っていった男が、戻って来るのが見えた。雲海坊は、男の後ろから来る筈の幸吉を探した。だが、幸吉の姿は見えず、飴売りの直助が見えた。

直さんだ……。

雲海坊は直吉の出現に驚き、慌てて懐から小さな手鏡を取り出して衣の袖で拭いた。

帰って来た男は、足早に『潮屋』に入って行った。飴売りの直助は、物陰で男が口入屋の『潮屋』に入るのを見届けた。

直助が戻ろうとした時、顔に眩《まぶ》しい光が浴びせられた。直助は眩しさに顔を歪め、光の元を探った。薄汚い饅頭笠が、『潮屋』の斜向かいにある飯屋の二階の窓辺に置いてあった。

雲海坊だ……。

直助は飯屋の二階に急いだ。

新三は声を出さずに笑った。

「そうかい、お袖を脅かしたかい……」

「ええ、がきを使ってね」

勘助は、罠《わな》にかかった獲物をいたぶる喜びを見せていた。

「今頃、震え上がっていますよ」

「ふん。亭主の俺を岡っ引に密告した報いだ。せいぜい震え上がるがいいさ」

「で、次はどうします」

「勘助さん、いろいろ世話になったね。後は俺が一人でやるよ。こいつは万造の親方から戴いた小遣いだが、取っておいてくんな」

新三は小判を一枚、勘助に差し出した。

「いいのかい……」

「ああ……」

「そうかい、すまねえな新三さん。ところでお袖がお前さんを売った岡っ引ってのは、柳橋の弥平次だったね」

「ああ。そいつがどうかしたかい……」

「弥平次は一筋縄じゃあいかねえ野郎だ。こいつは俺の勘だが、お袖をいたぶるんなら早い方がいいぜ」

勘助は狡猾に囁いた。

「ああ、一気に追い詰めてやるぜ」

新三は残忍な薄笑いを浮かべた。


幸吉は船宿『笹舟』に行き、事の顚末を自ら弥平次に報告した。

『笹舟』には久蔵が訪れていた。

「そうかい、お袖の家、突き止められちまったか……」

「へい。申し訳ありません」

幸吉は弥平次に深々と頭を下げた。

「なあに、けりをつけるのが、早くなっただけだ。詫びる事はない」

幸吉は、新三と勘助に出し抜かれたのを恥じ、悔やんだ。

「勘助かい……」

久蔵は面白そうに云った。

「へい……」

「牛込の房吉の手先を務めていた野郎でして……秋山さま、覚えていらっしゃいますか」

「いいや、覚えはねえが、親分、幸吉、こいつは面白くなったぜ」

久蔵は手酌で酒を飲んだ。

「秋山さま……」

弥平次と幸吉が、怪訝に久蔵を見た。

「今、市兵衛と卯之吉が、強請たかりを追っていてな。その一件の下手人で姿を消した野郎がいるんだが、その名前が勘助ってんだよ」

勘助……。

旗本四百石奥祐筆組頭岩城左兵衛の息子清太郎を女郎と馴染みにさせ、百両もの大金を脅し取り、首括りに追い込んだ渡り中間だ。

その勘助と、手先崩れの勘助が同一人物ならば、強請たかりの渡り中間を取り仕切っているのは口入屋『潮屋』の万造に違いない。

二つの事件が結び付くかもしれない。いや、おそらく結び付くのだ。

久蔵の勘がそう告げていた。

口入屋『潮屋』、叩き潰してやる……。

久蔵は不敵に笑い、盃を空けた。


江戸湊の潮騒は、夜の冷たさに大きく響いていた。

文七と春吉は、絡み合って賑やかに遊んでいた。

お袖は台所で片付け物をしながら、昼間の春吉の言葉を思い出していた。

「新三が宜しく……」

お袖は、不意に地獄に叩き落とされた。

新三が江戸に帰って来た……。

恐怖が全身を鋭く貫き、震えが激しく襲いかかった。

今も新三は、何処かから見ているのかも知れない……。

お袖は思わず辺りを見廻した。家の中に不審な処はなかった。

「どうしたい……」

「いえ、別に……」

居間との間に文七がいた。

「そうかい」

「あの、なにか……」

「春吉、ようやく寝たよ」

「じゃあ、すぐ蒲団を……」

お袖は居間の奥の部屋にいき、蒲団を敷いて春吉を寝かせた。春吉は自分の言付けで母親のお袖が恐怖に陥ったとも知らず、あどけない顔に涎を垂らして眠っていた。

「じゃあお袖、俺も寝るぜ」

「はい……」

文七は春吉の隣の蒲団に横たわり、煙管《きせる》で煙草をふかした。

「お袖、明日は越後屋さんの隠居所の建前でな。清兵衛の親方もお見えになって、終わってから料理屋に行くそうだ」

「じゃあ……」

「ああ、夜は遅くなるぜ……」

文七は煙管を置き、蒲団を被った。

「分かりました……」

お袖は再び台所に行き、片付け物の続きを始めた。

文七はお袖の過去を知らない。

お袖は弥平次の忠告通り、新三や弥平次の事を忘れて生きてきた。忘れたというより、忘れた振りをして自分を誤魔化《ごまか》し、文七に隠してきたのだ。だが、それは許されるものではなかった。

どうしたらいい……。

湧き上がる不安と恐怖が、お袖を重く包み込んでいく。お袖は、押し潰されるようにしゃがみ込んだ。

文七の鼾《いびき》と春吉の寝息が、交互に聞こえてきた。お袖にとってそれは、幸せな暮らしを意味するものであった。だが、今夜のお袖には、淋しさと哀しさでしかなかった。

南町奉行所定町廻り同心大沢欽之助が、久蔵に奇妙な情報をもたらした。

旗本三百石生田《いくた》勇次郎《ゆうじろう》の妻お絹《きぬ》が、突然の病で死んだのだ。だが、お絹の病死の裏には、或る噂が囁かれていた。

噂は、お絹が生田屋敷で働いていた渡り中間を刺し殺し、自害をして果てたというものだった。

「そいつは面白えな……」

「そうですか、只の噂だと思いますが」

大沢は、いつものようにやる気のない返事をした。

久蔵は噂の真偽を確かめる為、密かに下谷御徒町にある生田勇次郎の屋敷を訪れた。

生田勇次郎は妻の死を病だと言い張り、噂は迷惑だと頑強に否定した。

「だったら生田さん、こいつは俺の勝手な当て推量だが、聞いてくれねえか」

久蔵は己の読みを語った。

「渡り中間は、奥方を手込めにして弱味を握ろうとした。だが、奥方はそれを許さずに刺し殺して自害し、生田の家を恥辱から守ろうとした……」

生田は不意に涙を零した。

久蔵の読みが正しい証拠だった。

「生田さん、今、旗本御家人の弱味を握って金を脅し取る渡り中間どもがいましてね。俺たちは、そいつらを叩き潰そうと探索を進めているんだ」

「他にもいるのか、私のような旗本が……」

「ああ、一人は十七歳の身で首を括り、一人は五十両の金を寄越せと脅されている」

「そうか……」

「決して奥方の名前は出さない。だから渡り中間が、何処からきた野郎か教えちゃあ貰えねえかい」

「渡り中間は、本所の口入屋潮屋から来た者だ……」

本所の口入屋『潮屋』……。

弥平次たちが監視している、新三が世話になり岩城清太郎恐喝事件の下手人と思われる勘助が潜んでいる口入屋だ。

「間違いありませんな……」

「うむ。秋山さん、お絹の無念、晴らしてくれ」

「必ず……」

久蔵は約束した。

四

仕事を貰った日傭取《ひようと》りたちが、次々と口入屋の『潮屋』から出て行った。いつもと変わらない口入屋の朝の光景だった。

幸吉と雲海坊は、新三と勘助が出かけるのを待った。だが、二人は姿を見せなかった。

幸吉と雲海坊は待ち続けた。

一刻が過ぎた。

新三と勘助は現れなかった。

気付かれたのか……。

幸吉と雲海坊は、微かな焦りと苛立ちを覚えた。


江戸湊の傍の本湊町は、潮騒と鷗の鳴き声に覆われていた。

あの日から、春吉は外で遊ばなくなっていた。新三に脅されたお袖が、おそらく匂かしを警戒して出さないのだ。

寅吉と直助は、お袖と春吉が哀れになった。

年寄りの人足が、汗を拭き拭きやって来たのはそんな時だった。

年寄りの人足は文七の家を見つけ、ほっとした様子を見せて声をかけた。

直助が懐の萬力鎖《まんりきぐさり》を握り、素早く家の中が見える場所に移動した。そして、寅吉が鍛鉄《たんてつ》製三本角の角手《かくて》を右手に嵌め、すぐに飛び出せるように身構えた。

萬力鎖は、二尺強の鎖の両端に鉄の分銅《ふんどう》が付いた物だ。角手とは指輪に鋭い爪のついた物であり、爪を内側にして指に嵌めて相手の首や手首を押さえ倒す古くからある捕物道具だ。

寅吉と直助たち手先は、尾行や張り込みが見破られて危機に陥った時の為、久蔵からそれらの得物《えもの》の使い方をしっかりと叩きこまれていた。

年寄りの人足は、お袖に結び文を渡してすぐに家を出て行った。

寅吉が何気なく追った。

直助は身を潜め、お袖の様子を窺った。

お袖は震える手で結び文を開いて読み、呆然と立ち尽くした。

「おっ母ちゃん……」

春吉が怪訝に声をかけた。

お袖はゆっくりと座り込み、春吉を抱いて嗚咽《おえつ》を洩らした。

新三からの脅し文に違いなかった。

寅吉が戻ってきた。

「父っつぁん、一分で使いに雇われた日傭取りだったよ」

寅吉は年寄りの人足が只の使いと睨み、すぐにつかまえて問い質したのだった。

「結び文を渡すだけで一分とは、運の良い父っつぁんだ」

「ああ、頼んだ相手は新三に違いねえ……」

新三自身が、いよいよ動き出したのかも知れない。

「よし、俺は見張りを続ける。直さんは親分に知らせてくれ」

「合点だ」

直助は寅吉を残し、柳橋に急いだ。

『暮六つ、深川正光寺に来い。新』

新三の結び文にはそう記されていた。お袖は恐怖に震え上がった。新三には逢いたくもなければ、顔も見たくない。だが、一度は逢って何らかの決着をつけなければ、新三との関わりは切れない。切れないどころか、下手をすれば文七や春吉にも累が及ぶかも知れない。

地獄……。

お袖は、八年前の地獄のような毎日を思い出さずにはいられなかった。毎晩、無理矢理に客を取らされ、拒否をすると殴り蹴飛ばされた地獄が蘇《よみがえ》った。

逢うしかない……。

お袖は悲愴な決心をした。

怒りは静かに湧いてきた。

直助の報告を聞いた弥平次は、新三と決着をつける時がきたのを知った。決着をつけない限り、お袖は再び地獄に引きずりこまれるかも知れない。

お袖は今この時も恐怖に震え、己の運の悪さに泣いているのだ。

弥平次は八年前のお袖を思い出した。

お袖は新三に客を取らされ、地獄のような暮らしの底で何もかもを諦め、己の運命を呪《のろ》っていた。そして、弥平次の説得に従い、新三の隠れ家を密告した。

お袖は己の運命と命を懸けた。

弥平次は、どうにかそれに応えてやれた。そして今、再び応えてやらなければ、お袖の命を懸けた行為は全て虚しくなる。文七や春吉との六年間も夢幻として消えるのだ。

そうはさせない……。

弥平次は直助を幸吉たちの処に走らせ、本湊町に急いだ。

申の刻七つ時。

直助が幸吉に報せて戻ってきた頃、江戸湊は夕陽に赤く染まり始めていた。鋳掛屋の寅吉は鍋の底の穴を塞ぎ続け、やって来た夜鳴蕎麦屋長八が店を開く仕度を始めた。そして、弥平次は直助と共にお袖の家が見通せる物陰に潜んだ。

文七の家の戸が僅かに開いた。

弥平次と直助は、物陰に潜んだまま戸口を注視した。

僅かに開いた戸からお袖が現れた。お袖は脅えた顔で辺りの様子を窺った。そして、辺りに変わった事のないのを確かめ、春吉を呼んだ。春吉が元気良く駆け出してきて、お袖の手を握った。

「いいね、春吉。おっ母ちゃん、用事で出かけるから、御隠居さんの処で大人しく待っているんだよ」

「うん……」

春吉は元気良く返事をした。

「良い子だね……」

お袖は春吉を抱いた。まるで別れの時がきたように抱き締めた。

「おっ母ちゃん……」

春吉はお袖の様子に異常を感じたのか、不安を浮かべた。

「さあ、行こう……」

お袖は慌てて春吉の手を引き、数軒先にある御隠居さんの家に向かった。御隠居さん夫婦に子供はいなく、普段から春吉を可愛がってくれていた。お袖は御隠居さんに春吉を預け、足早に鉄砲洲波除稲荷に向かった。

新三はお袖を呼び出した……。

弥平次は寅吉と長八を残し、直助を連れてお袖を追った。寅吉と長八を残したのは、新三が春吉を勾かす恐れがあるからだった。

本湊町を出たお袖は、鉄砲洲波除稲荷傍の稲荷橋を渡って八丁堀を越え、亀島町川岸通りを北に進んだ。

行き先は深川か……。

弥平次は幸吉を従え、夕暮れ色に染まった海辺沿いの道をお袖を追った。

幸吉と雲海坊は、口入屋『潮屋』から眼を離さなかった。

今度こそ新三自身が動く……。

直助からお袖に結び文が届けられたと聞いて以来、幸吉と雲海坊はそう確信していた。

出し抜かれてたまるか……。

幸吉は小便も我慢し、雲海坊と張り込みを続けた。

店先に新三が現れた。

幸吉と雲海坊は反射的に身を潜めた。

やっと現れた……。

幸吉はそうした思いを、喉を鳴らして飲み込んだ。雲海坊は幸吉の思いを敏感に察知し、新三を見詰めたまま頷いた。

新三は油断なく辺りを見廻し、店の奥にいた若い衆に声をかけて出かけた。

動いた……。

幸吉と雲海坊は同時に立ち上がり、新三を追って飯屋を飛び出した。

新三は堀割に架かる弥勒寺橋を渡り、小名木川に向かった。

暮六つが近付き、本所深川の町は薄暗くなっていた。幸吉と雲海坊は、新三の前後を巧妙に尾行した。

小名木川を渡ると海辺大工町《うみべだいくちよう》になる。海辺大工町は、土地柄船大工が多く住んでいたところから付けられた名前だった。新三は海辺大工町を抜けて尚も進んだ。やがて、左手に霊巌寺が見えてきた。新三は時々立ち止まっては振り返り、険しい眼差しで尾行を警戒した。

お袖は長さ百二十八間の永代橋を渡り、深川の地に踏み込んだ。八年振りの深川だった。だが、懐かしさはまったく浮かばず、新三の暴力による血と男客たちの臭いが蘇るだけだった。

お袖が深川に来たのは、岡っ引の弥平次に付き添われて出た時以来だ。

柳橋の弥平次親分……。

お袖は悔やんだ。弥平次に助けを求めなかった事を悔やまずにはいられなかった。だが、弥平次に助けを求める暇もなく、下手な動きは文七や春吉に災いを招く恐れがあった。

助けて親分……。

お袖はいつしか念仏のように呟き、堀割が縦横に走る深川を正光寺に向かっていた。仙台堀に架かる海辺橋の傍に、幾つかの寺が並んでいる。その中に正光寺があった。

古く小さな正光寺は、謂われのある御本尊があるわけでもなく檀家も少なかった。そして、お袖にとって正光寺の境内は、男客に引き合わされた忌まわしい場所でしかなかった。

お袖は正光寺の門前に佇み、薄暗い境内を窺った。人影は見えなかった。

新三はまだ来ていない……。

お袖は探るように境内に入った。

「達者だったかい……」

いきなりだった。

暗がりから新三の声が浴びせられた。

お袖は、思わず小さな悲鳴をあげて振り返った。

新三が暗がりから現れた。

お袖は後退《あとずさ》りした。

八年振りの新三は月代を伸ばし、以前にも増して荒んでいた。

「久し振りだな、お袖……」

新三は淫靡《いんび》な眼差しで、お袖の身体を舐めまわすかのように見た。

「ふん、文七に随分と可愛がって貰っていると見え、良い女になったじゃあねえかい」

早くこの場から逃げ出したい……。

お袖はそれだけを必死に願った。

「俺が手取り足取り教えてやったように、文七と寝ているのかい……」

新三は下卑《げび》た笑いを浮かべた。


弥平次と直助は門前に潜み、新三をお縄にする時を待った。待っているのは弥平次たちだけではない。新三を追って来た筈の幸吉と雲海坊も何処かに潜み、捕まえる時が訪れるのを待っているのだ。

新三がお袖に手を出した時が、捕まえる時なのだ。

弥平次は暗がりに潜み、息を殺してお袖と新三を見守った。


新三は昔のお袖を思い出したように、掠れた笑いを洩らした。

「……用はなんですか」

お袖は我慢できなかった。

「用……女房に逢うのにいちいち用がなきゃあならねえのかい」

「ああ、お前は俺の女房よ。お前が勝手に別れたつもりでも、俺が納得しねえ限り、女房なんだよ」

「女房……」

「でも……」

「忘れてやるぜ」

新三が遮った。

「お前が素直に言うことを聞けば、俺を弥平次に売った事は忘れてやる……」

「忘れる……」

「ああ、さもなきゃあどうなるやら……」

「十両、あります」

お袖は膨らんだ巾着袋を差し出した。懸命に節約をして貯めた金だった。お袖自身、十両の金で片がつくとは思っていない。ただ、出来る事は何でもやるしかなかった。

「お前の身体は一晩一分。一両は四分。って事は四十人の客を取った分かい……」

新三は嘲り笑った。

「冗談じゃあねえ。お前には十両以上、数え切れねえ程の客を取って貰うぜ」

やはり無駄だった……。

お袖は地獄に引き戻される自分を感じ、絶望せずにはいられなかった。

「さあ、一緒に来て貰うぜ……」

新三がお袖に手を伸ばした。


今だ……。

弥平次が飛び出した。

同時に、本堂の裏の暗がりから幸吉が現れた。

刹那、刃物の輝きが閃き、新三の短い悲鳴があがった。

弥平次と幸吉は戸惑い、愕然とした。

夜叉《やしゃ》のような形相のお袖が、震える手に血の滴《したた》る出刃包丁を握って新三に突きかかろうとしていた。

新三は伸ばした腕から血を流し、後退りをした。

「嫌だ、もう嫌だ……」

お袖は出刃包丁を構え、新三に突進した。

「止めろ」

弥平次が、お袖を背後から押さえた。そして、幸吉が後退りする新三を羽交《はが》い絞《じ》めにした。

「殺す、殺してやる」

お袖は弥平次の腕の中で暴れた。

「止めろ。止めるんだお袖さん」

弥平次は必死に止めた。

「放せ、お願い、放して」

「落ち着け、お袖さん。こんな野郎でも殺せば、人殺しだ。そうなりゃあ文七と春吉が哀しむだけだ」

「……文七と春吉……」

「ああ、そうだ。文七と春吉の為にも人殺しになっちゃあいけねえ」

お袖は自分を押さえ、必死に叫んでいる男が柳橋の弥平次だと気がついた。

「……柳橋の親分さん……」

お袖の身体から力が抜け落ちた。

思いもよらない意外な成り行きだった。

弥平次は懸命に動揺を押さえ、お袖の手から素早く出刃包丁を取りあげた。

お袖のすすり泣きが洩れた。

「放せ」

新三が怒声をあげ、幸吉の羽交い絞めから逃れようとしていた。

「俺が何をしたっててんだ。俺はお袖に切られただけだ。捕まえるならお袖の方だろうが」

新三は切られた腕から血を流してもがき、幸吉から逃れようとした。

「煩《うる》せえ」

幸吉が新三を投げ倒し、猛然と蹴り飛ばそうとした。

「止めろ、幸吉」

弥平次が厳しく幸吉を止めた。幸吉は辛うじて足を止めた。

「親分……」

幸吉の眼に戸惑いが滲んだ。

「……新三の云う通りだ」

「親分」

幸吉の戸惑いが怒りになった。

「静かにしろ」

弥平次は一喝した。

今、幸吉が暴走したら、久蔵は容赦なく十手を取り上げるだろう。新三のような悪党を相手にし、我を忘れて感情に翻弄《ほんろう》される者に十手は預けられない。弥平次は幸吉の行く末を心配した。

「新三、お袖は俺が確かに捕まえた。お前は安心して帰るがいい……」

「ふん、何が捕まえただ……」

「煩せえ」

弥平次の怒りを押し殺した声が、新三に鋭く放たれた。新三は思わず怯んだ。

「さっさと消えな……」

新三は悔しげに頰を引きつらせ、お袖と弥平次の傍をすり抜けて境内を出て行った。

「お袖、また逢おうぜ……」

新三は馬鹿笑いを残し、暗闇に小走りに消えていった。

門前の陰にいた直助が追った。そして、雲海坊が本堂の陰から現れ、素早く続いた。

「お袖、春吉が待っている。家に帰ろう……」

弥平次はなにごともなかったかのように声をかけた。

「親分さん……」

お袖は泣いた。

子供のように声をあげて泣いた。


弥平次はお袖を家に送り、寅吉と長八の他に幸吉も見張りに残した。そして、幸吉たちにお袖の自害に気を付けろと注意し、久蔵の屋敷に向かった。

八丁堀岡崎町の秋山屋敷は、本湊町から遠くはない。

弥平次は鉄砲洲波除稲荷傍の稲荷橋を渡り、日比谷町の三叉路を大通りに進んだ。行く手に町奉行所の与力同心が暮らす組屋敷が並んでいた。所謂《いわゆる》、八丁堀だった。

「そうかい、お袖がな……」

久蔵は酒を飲み干した。

「はい。私も思わずうろたえてしまい、新三をお縄に出来ませんでした……」

酒は弥平次に苦かった。

「ま、焦ることはねえさ」

久蔵は弥平次の猪口に酒を満たした。

「畏れ入ります……」

「で、新三の野郎、潮屋に戻ったのかい」

「直助と雲海坊が追いましたが、おそらく戻ったと思います」

「そうかい……」

「秋山さま、私は間違ったんでしょうか……」

弥平次は迷いを見せた。迷いは、五十歳を過ぎている弥平次の老いを垣間見せた。

「いいや、間違っちゃあいねえ」

「ですが、これから新三は、お袖に付きまとい、きっと昔の事を言い触らすでしょう。そうなれば……」

「文七との仲もおかしくなり、地獄に落ちるかもしれねえか……」

「はい……」

弥平次はお袖の幸せを願っている。もし、お袖の今の暮らしが壊されたら、弥平次は十手を返上し、新三と刺し違えるに違いない。それが、お袖に新三を密告させた岡っ引の誠意と意地なのだ。

「安心しな、親分。新三にそんな真似はさせねえ……」

久蔵は不敵に言い放ち、盃の酒を飲み干した。


神田川は朝日に煌めいていた。

久蔵は背に陽の光を感じ、伝八の漕ぐ猪牙舟で小石川御門に向かった。

猶予《ゆうよ》はならねえ……。

小石川御門で猪牙舟を降りた久蔵は、水戸藩江戸上屋敷の前を通って相沢屋敷の門前に立った。

市兵衛と卯之吉が久蔵に気付き、物陰から現れた。

「秋山さま……」

「市兵衛、金八の野郎、いるな……」

久蔵が眩しそうに眼を細めた。

「はい、おりますが……」

市兵衛に緊張が走った。

久蔵が眩しげな眼をした時、思い切った真似をする。

「よし……」

久蔵は相沢屋敷を訪れ、又四郎を呼んで貰った。

又四郎は慌てて屋敷から出て来た。

「こりゃあ秋山さん……」

「又四郎、兄上はいるかい」

「いえ、既に登城を……」

「そいつは好都合だ。渡り中間の金八の野郎を呼んでくれ」

「金八ですか……」

「ああ、出来るものなら土蔵にな……」

「土蔵、では……」

「ああ……」

久蔵は嘲笑を浮かべた。

四百俵取りの旗本相沢家は、約五百坪の敷地がある。その裏庭に二棟の土蔵が建っていた。久蔵は、その一つの土蔵に金八を呼ぼうとしていた。

昼間だというのに、金八は中間部屋で酒を飲んでいた。

踏み込んだ又四郎は、いきなり金八を蹴り倒した。

「なにしやがる」

金八が怒号をあげて身構えた。

又四郎は、構わず金八の顔を殴り飛ばした。金八は汚れた壁に激しく叩きつけられて気を失った。心形刀流の印可を持つ又四郎に対し、無頼漢の金八は敵ではなかった。そして、鳥越の卯之吉が現れ、気を失った金八を担ぎ上げた。


卯之吉は、気を失っている金八に水を浴びせた。

金八は驚いて眼を覚まし、慌てて起きようとした。だが、一瞬早く胸を蹴られ、板張りの床に仰向けに倒れた。同時に、左右から両腕が強く押さえつけられた。

市兵衛と卯之吉だった。

金八は町方役人に捕まったのを知った。

久蔵が現れ、金八を冷たく見下ろした。

「な、なんだ、手前……」

「俺かい、俺は南町の秋山って者だよ」

南町奉行所の秋山、剃刀久蔵……。

金八は激しく震え出した。

「金八、相沢の殿さまを脅している黒幕、何処のどいつだい……」

「し、知らねえ……」

「そうかい……」

久蔵は逆手に刀を抜き、金八の顔の上に切っ先をかざして嬉しげに笑った。

「黒幕、何処のどいつだい……」

次の瞬間、金八の顔の上で刀の切っ先が煌めいた。金八は思わず眼を瞑った。

空を斬る音が短く響き、耳元で床を突く音が鋭く鳴った。金八は頰に微かな痒《かゆ》みを覚え、生温かさと血の匂いを感じた。頰の皮一枚だけが斬られたのだ。手元が僅かにでも狂うと、刀は金八の顔に突き刺さる。金八の全身に恐怖が走った。

「助けてくれ……」

金八は掠れた声で哀願した。

「そうはいかねえ。俺はお前が死んでも別に構いやあしねえんだよ……」

久蔵は面白そうに笑い、刀を煌めかせた。刀の煌めきは、金八の顔の左右で瞬いた。左右の頰に痒みが重なり、血に濡れた。

背後で見ていた又四郎は、久蔵の衰えを知らぬ心形刀流の鋭さに見惚《みと》れた。

剃刀だ……。

卯之吉は、久蔵の仇名《あだな》に隠されたもう一つの理由を知った。

「南無阿弥陀仏……」

市兵衛が念仏を唱え始めた。念仏は金八を一段と恐怖に追い込んだ。

久蔵と市兵衛の見事な連係だった。

恐怖に包まれた金八は、必死に助けを願って泣き叫んだ。だが、久蔵に容赦はなかった。

市兵衛はぶつぶつと念仏を繰り返した。卯之吉は、泣き叫ぶ金八から眼を逸らさずにはいられなかった。

金八は全身から力が抜け、虚脱状態に陥っていく自分を感じた。

「金八、黒幕は何処のどいつだい……」

「潮屋の親方……」

金八は落ちた。

「奥祐筆組頭の倅に首を括らせた渡り中間は、潮屋にいる勘助か」

「へい……」

「下谷御徒町の旗本の奥方に刺し殺された渡り中間も潮屋の野郎だな」

「へい……」

「みんな、口入屋の潮屋万造の命令なんだな」

「へい、仰る通りです……」

凄まじい拷問は終わった。久蔵と市兵衛は、待たせてあった伝八の猪牙舟に乗り、南町奉行所に戻っていった。

卯之吉は配下の者たちを従え、本所二つ目橋林町に急いだ。


捕物出役だ。

久蔵と筆頭同心稲垣源十郎、そして市兵衛、大沢欽之助、和馬たち同心は、出役姿に身を固め、奉行の荒尾《あらお》但馬守《たじまのかみ》と水盃を交わして本所に急いだ。

本所二つ目橋林町の口入屋『潮屋』は、昼下がりの静けさに包まれていた。

久蔵が本所林町萬徳山弥勒寺に着いた時、弥平次と幸吉が出迎えた。

「親方の万造、いるな」

「はい。他に新三や勘助たちも……」

飯屋の二階には、弥平次と交代した卯之吉が詰めており、『潮屋』の人の出入りは雲海坊や直助たちに監視されていた。

「よし、俺たち町奉行所は生かして捕らえるのが御定法だが、手に余る時は容赦はいらねえ、叩き斬れ」

久蔵の檄《げき》が飛んだ。

「市兵衛、大沢、裏手に廻れ」

市兵衛と大沢が頷き、捕り方を従えて路地に走った。

「和馬、正面から押し込め」

「心得ました」

「柳橋の……」

「はい」

「卯之吉と一緒に網から零れた奴を頼む」

「承知しました」

筆頭同心稲垣源十郎の手配りには、いつもの通り迷いも油断もなかった。

稲垣は市兵衛と大沢が裏手に廻ったのを見計らい、『潮屋』の表を一瞬にして固めた。店先にいた若い衆が驚き、転がるように奥に駆け込んだ。

「南町奉行所である。潮屋万造と一味の者ども、強請強盗の悪事は既に露見した。神妙にお縄を受けるがよい」

稲垣が捕物出役用の長十手を額に斜めにかざし、最後通告をした。

『潮屋』から怒号と悲鳴があがった。

「かかれ」

稲垣の長十手を振り下ろすと同時に、和馬が捕り方を従えて猛然と突撃した。

万造はうろたえていた。

辰次と勘助は、長脇差を抜いて迎え撃つ構えを見せた。そして新三は、包囲をかいくぐって逃げる道を探した。

和馬と稲垣を先頭にした捕り方たちが、戸や襖を蹴破って雪崩れ込んで来た。裏手からは、市兵衛と大沢たちが踏み込んできた。

血と怒号が飛び交い、壁が崩れて柱が大きく歪んだ。『潮屋』は一瞬にして修《しゅ》羅《ら》場《ば》と化し、廃墟となっていった。

和馬は辰次を追い詰め、刃引きの刀で激しく打ちのめした。稲垣は万造を叩きのめし、お縄にした。そして、市兵衛が勘助を捕縛するのに時間はかからなかった。辛うじて表に逃げ出した者たちは、卯之吉や幸吉、雲海坊たちに捕らえられていった。

新三は必死に闘いをかいくぐり、辛うじて裏庭に逃れた。後は二つ目橋の下に隠れ、竪川に潜って出役の終わるのを待つつもりだった。

「そうはいかねえ……」

久蔵が立ちはだかった。

新三は怯み、匕首《あいくち》を振り廻して身を翻した。だが、そこには弥平次がいた。

「新三、神妙にしろ……」

「う、煩せえ。俺を捕まえれば、お白洲でお袖の昔を洗いざらいぶちまけてやるぜ」

「そいつが命取りよ」

久蔵は無造作に近付き、匕首を握る新三の手を押さえた。新三に躱す間はなかった。刹那、久蔵は新三の匕首を握る手を捻った。匕首が新三の腹に突き刺さった。

新三は驚いたように眼を見開き、呆然と久蔵を見詰めた。

「あの世でお袖の幸せを祈ってくんな……」

久蔵は新三に囁き、その身体を抱くように引き寄せた。匕首は、新三の腹に深々と刺し込まれた。

新三は、悲鳴をあげる間も激痛を感じる間もなく絶命し、崩れ落ちた。

「……秋山さま」

「柳橋の。世の中には、生かして捕らえねえ方が良い野郎もいるぜ……」

久蔵は微かに笑った。淋しさを含んだ苦い笑いだった。


江戸湊には白帆を降ろした千石船が泊まり、荷物を積んだ艀が忙しく往来していた。

お袖は忙しく掃除洗濯をし、新三に対する不安を忘れようとした。そして、表の格子戸を拭いていた時、背後から男の囁きが聞こえた。

「新三は死んだ。もう安心だよ……」

弥平次の声だった。

お袖は振り向いた。

足早に通り過ぎていく弥平次の後ろ姿があった。

「親分さん……」

弥平次が笑顔を見せ、路地に曲がってその姿を消した。

新三が死んだ……。

お袖は呆然とした。

恐れ恨み続けた新三が死んだ。

全身に張りつめていた不安と緊張、そして恐怖が一挙に消し飛んだ。

お袖は疲れ果てたようにしゃがみ込んだ。

「どうしたの、おっ母ちゃん」

春吉の心配した顔が、戸口から覗いていた。新三が接触してきて以来、お袖は
春吉が外で遊ぶのを禁じていた。

「ううん、なんでもないよ。そうだ、春吉、みんなと遊んできていいよ」

春吉の顔が明るく輝いた。

「ほんとう……」

「うん」

「行ってくる」

春吉は猛然と駆け出していった。

「お昼には戻ってくるんだよ」

お袖は明るく叫んだ。涙がこみあげて溢れ、ゆっくりと滴り落ちた。

久蔵は煌めく海に釣り糸を垂れていた。

「釣れますかい、秋山さま……」

船頭の伝八が、屋根船の船縁から釣りをする久蔵を呆れたように見ていた。

「ああ、今、大物に餌を取られたぜ」

「へえー、そいつは嘘だ。お天道さまが、こんなに高え時に釣れる筈はねえ」

「それがな伝八、妙な人間がいるように、魚にも妙な奴がいるもんさ」

「そんなもんですかねえ……」

「ああ、そんなもんだ」

伝八の屋根船は、本湊町の隣の船松町にある佃島への渡し場に繋がれていた。

「お待たせ致しました」

弥平次が乗り込んできた。

「おお、早かったじゃあねえか」

「はい。岡っ引は、まっとうに暮らしている者と出来るだけ余計な関わりを持たない方がいいのでして……」

「痛くもねえ腹をあれこれ探られるか……」

「ま、そんなところでございますが……」

「柳橋を見ると、新三を思い出すか……」

「きっと……秋山さま、本当にありがとうございました」

「礼には及ばねえ。柳橋の、俺の処で一杯やろうぜ」

久蔵は釣竿をあげた。釣り糸の先には、針がついてはいなかった。

「はい」

「伝八の父っつぁん、亀島橋に行ってくれ」

「合点だ」

伝八は屋根船を渡し場から離し、鉄砲洲波除稲荷傍の亀島川に舳先を向けた。

海風が心地良く吹き抜けた。

久蔵は海風を受け、眩しげに空を見上げた。

江戸の空に鯉のぼりが泳いでいた。

皐月《さつき》五月、端午《たんご》の節句は間もなくだった。

一次文庫　２００５年６月　ＫＫベストセラーズ
ＤＴＰ制作　ジェイ　エスキューブ

文春文庫

秋山久蔵《あきやまきゆうぞう》御用《ごよう》控《ひかえ》

定価はカバーに
表示してあります

埋《うず》み火《び》

2012年7月10日　第1刷

著　者　藤《ふじ》井《い》邦《くに》夫《お》

発行者　羽鳥好之

発行所　株式会社　文藝春秋

東京都千代田区紀尾井町 3-23　〒102-8008
TEL　03・3265・1211
文藝春秋ホームページ　http://www.bunshun.co.jp

落丁、乱丁本は、お手数ですが小社製作部宛お送り下さい。送料小社負担でお取替致します。

印刷・大日本印刷　製本・加藤製本

Printed in Japan
ISBN978-4-16-780510-4

神代新吾

藤井邦夫の本――書き下ろし時代小説

（　）内は解説者。品切の節はご容赦下さい。

銀漢の賦
葉室　麟

江戸中期、西国の小藩で同じ道場に通った少年三人。不名誉な死を遂げた父を持つ藩士・源五の友は、いまや名家老に出世していた。彼の窮地を救うために源五は……。（島内景二）

は-36-1

いのちなりけり
葉室　麟

自ら重臣を斬殺した水戸光圀は、翌日一人の奥女中を召しだした。この際、御家の禍根を断つべし――。肥前小城藩主への書状の真意は。一組の夫婦の絆の物語が動き出す。（縄田一男）

は-36-2

まんまこと
畠中《はたけなか》　恵

江戸は神田、玄関で揉め事の裁定をする町名主の跡取・麻之助。このお気楽ものが、支配町から上がってくる難問奇問に幼馴染の色男・清十郎、堅物・吉五郎と取り組むのだが……。（吉田伸子）

は-37-1

水鳥の関（上下）
平岩弓枝

新居宿の本陣の娘お美也は亡夫の弟と恋に落ち、やがて妊《みごも》るが、愛する男は江戸へ旅立ち、思い余ったお美也は関所破りを試みる。波瀾に満ちた「女の一生」を描く時代長篇。（藤田昌司）

ひ-1-69

妖怪
平岩弓枝

水野忠邦の懐刀として天保の改革に尽力しつつも、改革の頓挫により失脚した鳥居忠耀。〝妖怪〟という異名まで奉られた悪役の実像とは？　官僚という立場を貫いた男の悲劇。（櫻井孝頴）

ひ-1-75

御宿かわせみ
平岩弓枝

「初春の客」「花冷え」「卯の花匂う」「秋の蛍」「倉の中」「師走の客」「江戸は雪」「玉屋の紅」の全八篇を収録。江戸大川端の小さな旅籠「かわせみ」を舞台とした人情捕物帳シリーズ第一弾。

ひ-1-81

黒衣の宰相
火坂雅志

徳川家康の参謀として豊臣家滅亡のため、遮二無二暗躍し、大坂冬の陣の発端となった、方広寺鐘銘事件を引き起した天下の悪僧、南禅寺の怪僧・金地院崇伝の生涯を描く。（島内景二）

ひ-15-1

（　）内は解説者。品切の節はご容赦下さい。

古川　薫
漂泊者のアリア
〝歌に生き恋に生き〟、世界的に名を馳せたオペラ歌手藤原義江。英国人の貿易商を父に、下関の琵琶芸者を母に持った義江の波瀾万丈の人生をみごとに描いた直木賞受賞作。（田辺聖子）
ふ-3-9

古川　薫
山河ありき
明治の武人宰相 桂太郎の人生
軍人としては陸軍大将、政治家としては実に三度も首相の座についた桂太郎。激動の明治時代を生き、新生日本のためにさまざまな布石を打った桂の知られざる豪胆さを描く。（清原康正）
ふ-3-15

藤井邦夫
養生所見廻り同心　神代新吾事件覚
指切り
北町奉行所養生所見廻り同心・神代新吾。南蛮一品流捕縛術を修業する若く未熟だが熱い心を持つ同心だ。新吾が事件に挑む姿を描く書き下ろし時代小説「神代新吾事件覚」シリーズ第一弾！

ふ-30-1

藤井邦夫
養生所見廻り同心　神代新吾事件覚
花一匁
養生所に担ぎこまれた女と謎の浪人の悲しい過去とは？　白縫半兵衛、手妻の浅吉、小石川養生所医師小川良哲らの助けを借りながら、若き同心・神代新吾が江戸を走る！　シリーズ第二弾。

ふ-30-2

星川清司
小伝抄
おとこ狂いの浄瑠璃語りにかなわぬ想いをよせる醜い船頭の哀切な物語。江戸情緒ゆたかな驚異の語り口で直木賞を受賞した表題作と、世話物の佳品「憂世まんだら」を収める話題作！

ほ-6-1

松本清張
西海道談綺
（全四冊）
密通を怒って上司を斬り、妻を廃坑に突き落として出奔した男の数奇な運命。直参に変身した恵之助は隠し金山探索の密命を帯びて日田へ。多彩な人物が織りなす伝奇長篇。（三浦朱門）
ま-1-76

松本清張
無宿人別帳
罪を犯し、人別帳から除外された無宿者。自由を渇望する男達の逃亡と復讐を鮮やかに描いた連作時代短篇。「町の島帰り」「海嘯《つなみ》」「おのれの顔」「逃亡」「左の腕」他、全十篇収録。（中島　誠）
ま-1-83

（　）内は解説者。品切の節はご容赦下さい。

松本清張
かげろう絵図（上下）
徳川家斉の寵愛を受けるお美代の方と背後の黒幕、石翁。腐敗する大奥・奸臣に立ち向かう脇坂淡路守。密偵、誘拐、殺人……。両者の罠のかけ合いを推理手法で描く時代長篇。（島内景二）
ま-1-92

宮尾登美子
宮尾本　平家物語　全四巻
清盛の出生の秘密から、平家の栄華と滅亡までを描く畢生の大作。一門の男たちの野望と傲り、女たちの雅びと悲しみ……。壮大華麗に繰り広げられる平安末期のドラマ。宮尾文学の集大成。
み-2-9

宮城谷昌光
天空の舟　小説・伊尹伝（上下）
中国古代王朝という、前人未踏の世界をロマンあふれる勁い文章で語り、広く読書界を震撼させたデビュー作。夏王朝、一介の料理人から身をおこした英傑伊尹の物語。（齋藤愼爾）
み-19-1

宮城谷昌光
長城のかげ
項羽と劉邦。このふたりの英傑の友、臣、そして敵。かれらの眼に映ずる覇王のすがたを詩情あふれる文章でえがく見事な連作集。この作家円熟期の果実としてまさに記念碑というべき作。
み-19-8

宮城谷昌光
太公望（全三冊）
遊牧の民の子として生まれながら、苦難の末に商王朝をほろぼした男・太公望。古代中国史の中で最も謎と伝説に彩られた人物の波瀾の生涯を、雄渾な筆で描きつくした感動の歴史叙事詩。
み-19-9

宮城谷昌光
沙中の回廊（上下）
中国・春秋時代の晋。没落寸前の家に生まれた士会は武術と知力で名君・重耳に見いだされ、乱世で名を挙げていく。宰相にのぼりつめた天才兵法家の生涯を描いた長篇傑作歴史小説。
み-19-14

宮城谷昌光
春秋名臣列伝
斉を強国に育てた管仲、初の成文法を創った鄭の子産、呉王を覇者にした伍子胥——。無数の国が勃興する時代、国勢の変化と王室の動乱に揉まれつつ、国をたすけた名臣二十人の生涯。
み-19-18

（　）内は解説者。品切の節はご容赦下さい。

宮城谷昌光
三国志　第一巻〜第六巻（刊行中）
全十二巻（予定）
後漢王朝の衰亡から筆をおこし「演義」ではなく「正史三国志」の世界を再現する大作。曹操、劉備など英雄だけではなく、将、兵に至るまで、二千年前の激動の時代を生きた群像を描く。
み-19-20

森村誠一
非道人別帳　全八巻
南町奉行所の一匹狼の同心・祖式弦一郎は飛燕一踏流の遣い手。人道を踏み外した凶悪な犯罪で江戸の町を揺るがす悪人どもを、抜群の嗅覚とで次々に追い詰める。人気時代活劇シリーズ
も-1-12

諸田玲子
氷葬
夫の知己ということで泊めた男に凌辱され、激情にかられて男を殺してしまった下級藩士の妻。死体を沈めた沼は氷に閉ざされたが、それは長い悪夢の始まりにすぎなかった。（東　直子）
も-18-1

諸田玲子
あくじゃれ、瓢六捕物帖
知恵と機転を買われて牢から解き放たれた粋な悪党・瓢六と、不承不承お目付役を務める堅物同心・篠崎弥左衛門の凸凹コンビが、難事件解決に活躍する痛快時代劇。（鴨下信一）
も-18-2

諸田玲子
犬吉
「生類憐れみの令」から十年。野良犬を収容する「御囲《おかこい》」を幕府が作った。そこで働く娘・犬吉は一人の侍と出会う。赤穂浪士討入りの興奮冷めやらぬ一夜の事件と恋を描く。（黒鉄ヒロシ）
も-18-3

諸田玲子
奸婦にあらず
井伊直弼の密偵、村山たかの数奇な一生を描いた新田次郎賞受賞作。忍びの者として育ったたかは、内情を探るため接近した井伊直弼と激しい恋に落ちるが……。（高橋千劔破）
も-18-6

諸田玲子
かってまま
不義の恋の末に、この世に生を享けた美しい娘・おさい。遊女、女スリ、若き戯作者——出会った人の運命を少しずつ変えながら、おさいが待っているものとは。謎と人情の短篇集。（吉田伸子）
も-18-7

（　）内は解説者。品切の節はご容赦下さい。

森福 都
長安牡丹花異聞
唐の都長安。夜に輝く不思議な牡丹を生みだした少年黄良が、狡猾な宦官を相手に知略を巡らせた狂騒の果ては？　松本清張賞受賞の表題作ほか全六篇。中国奇想小説集。（藤田香織）
も-19-1

森福 都
漆黒泉
十一世紀、太平を謳歌する宋の都で育ったお転婆娘、晏芳《あんほう》娥《が》は、婚約者の遺志を継ぎ、時の権力者、司馬光を追う。読み出したらとまらない中国ロマン・ミステリーの傑作。（関口苑生）
も-19-2

山本一力
損料屋喜八郎始末控え
上司の不始末の責めを負って同心の職を辞し、刀を捨てた喜八郎。知恵と度胸で巨利を貪る札差たちと丁丁発止と渡り合う。時代小説シーンに新風を吹き込んだデビュー作。（北上次郎）
や-29-1

山本一力
あかね空
京から江戸に下った豆腐職人の永吉。己の技量一筋に生きる永吉を支える妻と、彼らを引き継いだ三人の子の有為転変を、親子二代にわたって描いた直木賞受賞の傑作時代小説。（縄田一男）
や-29-2

山本一力
草笛の音次郎
今戸の貸元の名代として成田、佐原へ旅する音次郎。待ち受ける試練と、器量ある大人たちが、世の中に疎い未熟者を一人前の男に磨き上げる。爽やかな股旅ものの新境地。（関口苑生）
や-29-4

山本一力
いすゞ鳴る
土佐の荒くれ漁師も、江戸の豪商一行も、一生に一度の庶民の夢・お伊勢参りへと旅立つ。先導する御師《おんし》の見識と器量が人の縁を結ぶとき、現れる希望の光景とは。熱く爽快な時代長篇。
や-29-14

山之口 洋
天平冥所図会
華やかな外見のすぐ裏で魑魅魍魎が跋扈する平城宮。権謀術数をめぐらす政治抗争に木っ端役人まで巻きこまれ……。葛木《かつらぎの》連《むらじ》戸主《へぬし》と広虫の夫婦が幽明境を異にして権力悪に立ち向かう。
や-37-2

（　）内は解説者。品切の節はご容赦下さい。

山本兼一
火天《かてん》の城
天に聳える五重の天主を建てよ！　信長の夢は天下一の棟梁父子に託された。安土城築城の裏に秘められた想像を絶する創意工夫。松本清張賞受賞作。（秋山　駿）
や-38-1

山本兼一
いっしん虎徹
その刀を数多の大名、武士が競って所望し、現在もその名をとどろかせる不世出の刀鍛冶・長曽祢虎徹。三十を過ぎて刀鍛冶を志して江戸へと向かい、己の道を貫いた男の炎の生涯。（末國善己）
や-38-2

山本兼一
千両花嫁　とびきり屋見立て帖
道具屋「とびきり屋」には、新撰組や龍馬がやって来ては、無理を言い——。幕末の京を舞台に、〃見立て〃と〃度胸〃で難題を乗り切る若夫婦を描く「はんなり」系痛快時代小説。（中江有里）
や-38-3

八木忠純
蜘蛛《くも》の巣店《すだな》　喬四郎　孤剣ノ望郷
悪政を敷く御国家老に父を謀殺された有馬喬四郎は、江戸の蜘蛛の巣店に身を潜めて復讐を誓う。ままならぬ日々を懸命に生きる喬四郎と、ひと癖ふた癖ある悪党どもが繰り広げる珍騒動。
や-47-1

八木忠純
おんなの仇討ち　喬四郎　孤剣ノ望郷
喬四郎の身辺は騒がしい。刺客と闘いながら、日銭稼ぎの用心棒稼業。思いを寄せるとよも、父の敵を探しているという。偽侍の西田金之助は助太刀を買ってでる腹づもりのようだが……。
や-47-2

八木忠純
関八州流れ旅　喬四郎　孤剣ノ望郷
虎の子の五十両を騙り取られた喬四郎は、逃げた小悪党を追って利根川筋をたどる。だが、無頼の徒が跳梁する関八州のこと、たちまち揉め事に巻き込まれ、逆に八州廻りに追われる身に。
や-47-3

八木忠純
修羅の世界　喬四郎　孤剣ノ望郷
宿願は仇討ち。先立つものは金。刺客と闘いながらも懐の具合が気にかかる喬四郎。今度の仕事は御門番へ届ける弁当の護衛。やさしい仕事と思いきや、高い給金にはやはり裏があった！
や-47-4

（　）内は解説者。品切の節はご容赦下さい。

夢枕　獏
陰陽師《おんみようじ》
死霊、生霊、鬼などが人々の身近で跋扈した平安時代。陰陽師安倍晴明は従四位下ながら天皇の信任は厚い。親友の源博雅と組み、幻術を駆使して挑むこの世ならぬ難事件の数々。
ゆ-2-1

夢枕　獏
陰陽師《おんみようじ》　夜光杯《やこうはい》ノ巻
博雅の名笛「葉二」が消えた。かわりに落ちていたのは、黄金の粒。はたして「葉二」はどこへ？　晴明と博雅が平安の都の怪事件を解決する〝陰陽師〟。「月琴姫」ほか九篇を収録。
ゆ-2-20

夢枕　獏
村上　豊　絵
陰陽師　鉄輪《かなわ》
他の女に心変わりした男を恨んだ徳子姫は、丑の刻参りの末に生成《なまなり》の鬼になってしまう。事情を知った相手の男は晴明と博雅に助けを求めるのだが……。「陰陽師」絵物語シリーズ第三巻。
ゆ-2-22

吉村　昭
朱の丸御用船
江戸末期、難破した御用船から米を奪った漁村の人々。船に隠されていた意外な事実が、村をかつてない悲劇へと導いてゆく。追い詰められた人々の心理に迫った長篇歴史小説。（勝又　浩）
よ-1-35

吉村　昭
海の祭礼
ペリー来航の五年も前に、鎖国中の日本に憧れて単身ボートで上陸したアメリカ人と、通詞・森山の交流を通して、日本が開国に至る意外な史実を描いた長篇歴史小説。（曾根博義）
よ-1-42

好村兼一
侍の翼
宍倉六左衛門は御家断絶で裏長屋の浪人暮らし。妻に先立たれ、死に場所を求めて彷徨ううちに見出した境地とは？　江戸勃興期の侍の生涯を描いた、著者渾身のデビュー作。（縄田一男）
よ-30-1

山本一力・児玉　清・縄田一男
人生を変えた時代小説傑作選
自他ともに認める時代小説好きの三人が、そのきっかけとなったよりすぐりの傑作を厳選。あなたも時代小説の虜になる！　菊池寛、藤沢周平、五味康祐、山田風太郎らの短篇全六篇。
編-20-1